皖江情怀 WANJIANG QINGHUAI

时代出版传媒股份有限公司
安徽文艺出版社

潘新民,安徽无为县人。二十世纪六十年代中期入伍,在中国人民解放军某部战士报导组任报导员,后任某部新闻干事。热爱文学,工作之余笔耕不辍,其作品包括小说和散文,内容以描写家乡秀丽山水、部队生活轶事、青少年时期生活为主,曾在多家刊物发表。

皖江情怀

WANJIANG QINGHUAI

潘新民 ◎著

时代出版传媒股份有限公司
安徽文艺出版社

图书在版编目（CIP）数据

皖江情怀/潘新民著. --合肥：安徽文艺出版社, 2021.10
ISBN 978-7-5396-7235-9

Ⅰ. ①皖… Ⅱ. ①潘… Ⅲ. ①散文集－中国－当代 Ⅳ. ①I267

中国版本图书馆 CIP 数据核字(2021)第 123477 号

出 版 人：段晓静
责任编辑：姚 衍　　　　　　　装帧设计：褚 琦

出版发行：时代出版传媒股份有限公司　www.press-mart.com
　　　　　安徽文艺出版社　www.awpub.com
地　　址：合肥市翡翠路 1118 号　邮政编码：230071
营 销 部：(0551)63533889
印　　制：合肥创新印务有限公司　(0551)64456946

开本：880×1230　1/32　印张：5.375　字数：120 千字
版次：2021 年 10 月第 1 版
印次：2021 年 10 月第 1 次印刷
定价：35.00 元

(如发现印装质量问题，影响阅读，请与出版社联系调换)

版权所有，侵权必究

目录 Contents

第一辑　湖光山色

　　四季竹丝湖 / 003

　　竹丝湖滨四月天 / 040

　　风雪竹丝湖 / 046

　　超市小顾客 / 053

第二辑　往事如烟

　　乡情浓于酒 / 061

　　绚丽的春花 / 067

　　菜贩子发家记 / 078

　　山娃 / 085

　　牧羊人的婆姨和她的狗 / 090

第三辑　时光缱绻

进城赶考 / 097

山村说书人 / 103

皖江客轮 / 113

丁家山传奇 / 126

"捆绑"夫妻 / 131

在野猪沟狩猎 / 136

夏夜 / 142

家猪失踪之谜 / 147

第四辑　故土之恋

啊！我的乡亲 / 153

竹丝湖边看日出 / 159

九丫枫香树 / 162

四十户人家二十个地方 / 165

故乡不可复制 / 169

一、湖光山色
——江山绮丽多娇,碧水秀峰永存。

二、往事如烟
——漫步往昔岁月,咀嚼蜜意无穷。

三、时光缱绻
——光阴荏苒东逝水,真情永远留心扉。

四、故土之恋
——乡愁魂牵梦绕,游子回肠九转。

四季竹丝湖

不知从什么时候起,这块不足十五平方公里的水域叫竹丝湖。它三面环山,一面接壤平原。从南岸向西是绵延十余公里的丘陵山地,竹木葱茏,古藤盘葛,夏日遮天蔽日,隆冬银装素裹。林中豺狼虎豹、獐狐野兔不时出没。山地在西南方拐了个大弯又逶迤向北,形成陡峭的峰岭,这就是无为、枞阳、庐江三县交界的三峰山。

竹丝湖北边有一座小镇,远远望去,一色错落有致的青砖灰瓦民宅紧压湖岸,早晚炊烟缭绕,烟气蒸腾。小镇以产大角水牯牛闻名。每到农历三六九日,牛市上人头攒动,摩肩接踵,上通"两湖"(湖南、湖北)、下至江浙的牛贩子都从这里贩水牛,从而得名——牛埠。

牛埠小镇物阜民丰,是竹丝湖沿岸的物资集散地。早年,镇上作坊云集,织布厂、榨油坊、糕点厂、挂面厂、染布糟坊、铁匠铺、独轮车行、棺材店,离镇几里远就能闻到菜籽油的香味,听到打铁的叮当声。小镇店铺林立,有当地久负盛名的特产，也有南京、上海的时新百货，吸引着远近商贾和大众百姓，磨得光滑的石板街道就是当年繁华的见证。

镇南是临湖码头。船舶拥挤，桅樯林立。码头东一溜排列的是有高耸桅杆的运输船，船满载着稻米或棉花、生猪，经过竹丝湖下长江，驶往芜湖、安庆，运回的是布草、煤油等日用品。码头西进进出出的是渔船，鲜鱼活虾等水产品充斥整个码头，空气中弥漫着一股鱼腥味。一天到晚，码头上搬运工"嗨哟、嗨哟"的搬运声和小商小贩的叫卖声此起彼伏。

从牛埠镇往北，田网交织，荷塘点点，河道纵横。进入圩区，则是另一番水乡风光。

晴朗的日子，当你站在牛埠镇，眺望湖面和南岸时，绿色山林映出座座村落，云岭朦胧倒影在湖里，能隐隐映出竹枝的摇曳，犹如一幅水墨丹青画。远看竹丝湖像镶在山林和田园环抱中的一块碧玉，毛竹倒影，青翠欲滴，这大概就是竹丝湖名的由来。

竹丝湖的东岸上横着一座龟背山，村民叫它横山。横山像一道闸门锁住清澈见底的湖水。山的南侧与湖南丘陵山地交接处是一片广阔的亚温带湿地，有水处芦苇丛生，形成芦荡，高出水面便是一抹平坦的秧草场。就在这碧绿如茵的草场中央，湖水劈出一条不宽的河道，不甚痛快地弯弯曲曲流过，在潘家泊使劲挤出一个不宽的缺口，经小泊荡，过大泊荡，直奔灰河口，最后注入长江。

俗话说："山有峰神气，水有岛仙气。"竹丝湖上也是小岛棋布，只因水位受季节影响，岛的面积变化很大，多数时间没有人常住，是放鸭养鹅人的临时栖息地，有的小岛是水鸟的常年家园。只有湖心的大岛上住着二十多户人家，形成一个自然村。岛周围有二百多亩湖田，村民世世代代守在水中央，亦农亦渔，水小务农，水大而渔。我的家就在湖心岛上。

春天的竹丝湖格外妖娆。惊蛰刚过，湖面已经苏醒，一片生机盎然。茭白的箭叶一夜之间露出水面，湖汊里到处是刚出水的嫩黄尖荷，随着和风拨弄水面。风和日丽的日子，一抹平坦的湖滩上，青草依依，随风起伏。草丛中的百灵、鹌鹑、长嘴鹬不时被吃草的水牛和撒欢的牛犊惊飞，百灵的叫声清脆、悦耳，响彻云霄。放牛团子，把牛赶到湖滩，牵绳往牛角上一盘，抽一柳鞭就不管了，然后毫无顾忌地在草地上打滚、嬉闹、撒野。厚厚的秧草在春天的阳光下，格外柔软，散发出一股迷人的清香，阵风过后，泛起墨绿色的、油光闪亮的、色彩艳丽的波浪，一直绵延至远方。到太阳当头，水牛吃饱了，卧在草滩上懒洋洋地从胃里反刍出青草细嚼慢咽。这时候，村子里绿柳丛中的茅舍顶上炊烟已经冒过两次，"泥猴子"们也玩累了，纷纷散去，找到自家的水牛，解开盘在牛角上的绳子，猴精似的爬上牛背，挥动柳鞭，一路欢歌，向回村的小路走去。

一夜春雨，湖水开始上涨，湖滩上的青草淹没了，湖面也开阔多了，水也深了。春潮涌动，万物复苏，竹丝湖迎来新的生机，湖心岛村民们用自己的方式开始春季捕鱼。

　　傍晚，西边天际擦去最后一片夕阳，忙碌了一天的村民三人一伙两人一帮，各自带着渔具出发了。我老爸和邻居阿宏哥结伙，拿着火把和菜篮子，还带着一把菜刀，向岛东北的大墩子出发，我也跟着。

　　我们用的照明火把，是用芦荻碾压、捶砸后扎成的。出发前先将火把头燃烧一下，然后熄灭，使火把的煤子里保留着火星子。需要照明时，猛甩一下，煤子里的火星就呼啦一声燃起来，不用时再一甩又熄了。

　　夜幕下的湖滩并不宁静，草地上虫鸣和水中的蛙声一片。我们挽起裤管下水，光脚踏着软绵绵的水草轻步前进。湖水是清凉的，越往前走越深。当水淹到膝盖时，不知名的小鱼和河虾老往腿肚子上撞，弄得痒酥酥的。我们借着火把，隐隐约约可以看到清澈的水里，黄鳝、白鳝、水蛇在秧草丛中慢悠悠地游动，不时有乌龟、老鳖在缓缓爬行，伸手可得，老爸和阿宏哥视而不见。有几次我的脚下踩到河蚌和大田螺，老爸也示意我不要去捡。忽然，一群黄颡摇头摆尾打眼前游过，我提议用菜篮子捞一下，也被老爸制止。我们湖区人认为，这些"水底货"，尽管有些滋味，但上不得台面，捞回去让人笑话。

　　我们继续轻挪步子小心往前走。

突然，前面的水草丛中有个黑褐色的大球在滚动，吓得我直往老爸身边靠。老爸甩亮火把凑近一照，嚯，原来是无数条光滑的无鳞鱼缠在一起。从那长着海龙王样的两根长胡子和深褐色的光溜溜身子上，我认出是鲶鱼。它们像蛇一样互相缠绕，形成一个大"鱼球"在慢慢滚动，水草都被压塌一片，火把的亮光也没有惊动它们。这时，只见阿宏哥轻轻地从竹篮子里抽出菜刀，挽起衣袖，轻轻朝前跨一步，只见他举刀对准"鱼球"中间像剖西瓜一样劈下去。顿时，哗的一声，"鱼球"立即炸开，水花四溅。等水花落定，被砍中的鱼漂在血水里，没有砍中的钻到水草中逃之夭夭。阿宏哥将砍中的六条鱼捡到菜篮子里。

我们继续往前走。不一会，又见两个更大的"鱼球"在滚动，鱼也比前次大。阿宏哥照样举起菜刀剖"西瓜"。不到两袋烟工夫，菜篮子已经沉甸甸的了。老爸怕我在水里泡的时间长受凉，不再往前走了。

用菜刀砍鱼，只能捕杀湖滩浅水处在水草中产卵的鱼。没过几天，老爸和阿宏哥又扎了一根长火把，说是要带我一起去捕大鱼。为了防备晚上犯困，我下午痛痛快快地先睡了一觉。

奶奶早早地做好晚饭，也留阿宏哥在我家一起吃，天擦黑我们就出发了。

这回除带火把、盛鱼的鱼篓子，捕鱼的工具还换成了竹篾罩。大家光着脚在夜幕下穿过田畈，越过芦草塘，走了好大一阵子,我都有些累了。这走的是与身后三峰山相反的方向,我估计是朝小河口去的。又走了一阵,在一处水草茂盛且风平浪静的湖滩上歇下来。

这是在一处浅水湖汊。

春天的夜晚,湖边热闹非凡,蛙声阵阵,萤火闪烁,远处菰白丛中水鸟啾啾密语。上弦月挂在三峰山顶上。

一更天过后水面开始有鱼在骚动,露在水上的草叶被水下的鱼搅得东倒西歪。老爸说这个湖汊避风浪,天然饵料丰富,是鲤鱼爱来产卵的地方。我们在岸边拢了一堆枯草坐下,他俩轮流交替抽着黄烟袋,我裹着一件旧棉袄依偎在老爸腿旁,缩着脖子静静等待。

夜幕深沉,草滩上湿漉漉的有露水了。湖面不时传来搅动的水声,老爸仍然没有行动的意思,悠闲自得地和阿宏哥天南海北细声海聊。我懒得听他们的,有些不耐烦了。

约莫二更天,湖面渐渐静下来,滩边的蛙声也小了,它们大概累了,只有岸上草丛中不知名的虫儿还在一个劲地嘶鸣。我的旧棉袄已被露水打湿。老爸收起黄烟袋站起来,伸伸懒腰,活动活动腿脚,然后挽起裤管,提着竹篾罩往水里走,阿宏哥也在赶紧做下水的准备。我环顾四周,不远处就是一片黑黝黝的坟场林地,让人心里发凉,我不愿一人留在岸上,索性挽起裤腿紧随他们后面。

开始,我们都小心翼翼地下到水里,每前进一步都停下来,静观周围水面的动静。当水淹过膝盖时,就听到前面有动静了。老爸悄悄把扛在肩上的竹篾罩换了个姿势扛,用手势让我和阿宏哥停下来。

已经听到有鱼拨动水的声响,还隐约可以看见白色的鱼肚子上下翻动。我们大气都不敢出,站在水里静静等着。又过了一会,老爸还是不急于出手,我可耐不住了,悄悄拉了一下老爸的褂子后衿,他没搭理我。

月亮不知道什么时候躲到三峰山后面去了,水面蒙上一层轻纱似的雾,竹丝湖显得神秘莫测。北岸有流光闪了一下,不知是渔火还是对面岸边住户的灯光。我站在水里感到有些凉,快支撑不住了。就在这时,前面一从水蓼边泛起一个水花,影影绰绰可见泛上来的白色鱼肚子。就在这刹那间,老爸向前急跨一步,敏捷地将竹篾罩从头顶上迅速罩下,随之身子也趁势压上去。顿时,罩里翻江倒海,水花飞溅。阿宏哥也立即围上去,帮忙封住上面罩口,并伸手到水下摸索罩的沿口是否扎进湖泥里。待检查妥当后,他把一只胳膊从罩口伸进去。我听见鱼在罩里拼命扑腾,溅起的水花把阿宏哥和老爸的衣服都弄湿了。不一会,阿宏哥把胳膊从罩口抽上来,手里提起一条活蹦乱跳的大鲤鱼。他迅速用拴在腰间的鱼串子从鱼鳃穿过去,放进背着的竹篓里。这当儿,老爸双手一直在堵着罩口,里面的水仍在翻腾——罩里还有鱼。阿宏哥腾出手后,又把胳膊伸进去。竹篾罩里是直径一米的圆形空间,在罩里抓鱼是要有功夫的,很多人能罩到鱼,但抓不住,或要费很长时间,有的折腾半天最后不得不放弃。阿宏哥有在水里抓鱼的本事，我曾见过他在池塘里游泳抓过鱼。

第一次下罩，就罩到两条大鲤鱼，我高兴极了，倦意一扫而空。回到岸上，收拾好湿衣和罩具，我们又沿着湖岸往前走，寻找新的捕获地点。这以后我没有再下水了，老爸让我穿好衣服在岸上守着盛鱼的篓子。

三星偏西了，夜已深了，湖水也更凉了，我们收拾家伙准备返回。我抱着鱼篓子数了数，一共是八条大鲤鱼，每条都在三斤以上。

在回来的路上我说，现在水有些凉，等天气暖和了我们再来罩鱼。老爸说："傻孩子，鱼只是春天才到浅滩繁殖。天气暖和了，就罩不到了。"

第二天，我睡得正香被老爸叫醒。睁开眼，阳光早已从窗口倾泻到床沿上。老爸一边给我披上小褂一边说："知道今天是什么日子吗？"我揉揉惺忪的双眼，不知所措。

"清明。"噢，对了。

按照习俗，清明要上坟祭祖。我一骨碌爬起来，套上小褂。这时候，奶奶已将各种祭祀用品准备好了，满满两大竹篮子，一篮子是食品，有鱼有鸡，一条红烧大鲤鱼最显眼，还有一壶家酿的大麦烧酒。另一篮子是黄表纸、冥钱、香烛、爆竹之类。我匆匆扒了几口饭，就随着我们家族的人出发了。

春天的南山，花红草绿，远看似片片连接的彩云，近看是漫山遍野的映山红，夹杂有桃花、杏花、茶花，争奇斗艳。溪边兰草千姿百态，发出沁人肺腑的芬芳。山泉叮咚、低声

吟唱，山雀起舞，叽喳嚷嚷。

我家的祖坟在凤凰山北坡的丛林中。进入林地，高大的油松，参天的枫树、洋槐，茂密的野栗树、橡子树，把坟地遮挡得阴暗、幽静。林间没有一丝阳光，地上是厚厚的松针和落叶，踏在上面软乎乎的，极富弹性。山坳里有块池塘，水草茂盛，鱼虾成群。塘边是片片菖蒲，岸上有丛丛翠竹。老爸领着族人先在坟头逐个插上彩纸剪的纸标，然后在一处有高大石碑的坟墓前摆上供品，烧过黄表纸钱，大挂鞭炮一响，我们一帮伢子齐刷刷跪下磕头作揖，祈求祖宗保佑。祭罢，老爸向伢子们一一介绍祖辈的坟墓，述说他们在世时的治家贤达和艰苦创业，教导我们守好家风、传优良家训、立勤俭家规。

快近晌午，我们来到马叔家。

马叔住在凤凰山脚下，依山盖着五间石墙茅屋，门前有块竹篱笆围起来的场院，场院里长着几棵合抱粗的银杏、柏树、杨槐和榆树，篱笆周围有桃、李、山石榴、樱桃和常青竹，甚是清静。场院右边有个不大的池塘，条石垫就的洗衣铺子沿阶而下。几只大白鹅在悠闲地浮动，见了生人不断引颈高歌。再往南就是一条山涧，涓涓山泉汩汩注入池塘，放眼望去，山涧两边是绿油油的菜地和零零落落的野百合花。

听老爸说，马叔住在这里，耕种十多亩水田，捎带照管我们家族的祖坟，作为报酬，他有权从坟地里间伐林木。为了欢迎我们的到来，马叔在高大的银杏树下摆上大方桌，一只黑釉大泥壶放在上面，四五个粗碗里早倒满了绛红色的茶水。宾主坐下后，抽着黄烟袋，互问家景、去年的收成。这时，扎着围裙的马婶笑眯眯地用竹簸箩捧出八大碗菜，有黄花木耳炒鸡蛋、笋干烧腊肉、凉拌青笋、豆腐干炒蒌蒿秆、蚕豆瓣炒韭菜、红烧仔公鸡等，都是自家土产，还有一壶自家酿的大麦烧。马叔忙撤下茶壶，摆上酒菜开始吃饭。我们团子们不和大人一个桌子，坐着小板凳趴在竹凉床上吃。

早上还是晴朗天气，这时候太阳已经隐没到云层里，席间不知不觉下起毛毛细雨，这印证了"清明时节雨纷纷"。马叔建议把饭桌抬到一旁的凉棚里。凉棚不大，偶尔有阵阵清风夹着雨星吹进来，倒给大人们喝酒增加了不少兴致，也给我们团子们添了逗乐的趣味。

过了清明，天气渐渐暖和起来了。

夏天的竹丝湖更是多姿多彩。湖水清凌，碧波万顷。白帆映日，鱼翔浅底。菰白、水蓼丛里，各种水鸟都在忙着建巢筑窝，准备繁殖后代，仔细搜看，到处都有它们伪装得十分巧妙的窠巢。有的就在你船边，只要掀开盖在上层的水草、芦叶，便见有几枚小巧的卵，有淡绿色的，有深褐色的，也有白色带斑点的。三年困难时期，人们食不果腹，村上有人划着小船到湖深处的茭白丛中、荷花塘里捡鸟蛋。傍晚归来，一大盆一大盆鸟蛋抬回家，打碎煎成蛋饼子，一家人用以充饥。尽管如此，仍有很多鸟巢幸存。到了7月初，那些小生命就出世了。这时你荡舟从湖上经过，不时看到鸬鹚、白鹭、河鸥、长嘴鹬、常年住在这里的麻头鸭，领着它们的宝宝在茭白丛中觅食。前面是它们的爸爸，一边领路一边警戒，妈妈在后面护卫，中间是毛茸茸的出壳不久的雏鸟，一路上左顾右盼叽叽喳喳地叫，一派温馨景象。

竹丝湖虽然属于长江水系，但夏天并不炎热。南岸山岭上的树木遮天蔽日，山涧长流不息，让人心爽神清。环湖岸柳成行，无风也甩动枝条。湖水清波荡漾，荷花塘芦苇荡绿荫连天，三伏天早晚也是凉风习习，爽适宜人。

湖心岛人，习惯于早起趁天凉下田干活，近晌午了，雾气渐渐散去，太阳也烈了，就收工回家吃饭小憩。午饭后，村头老榆树下，湖边柳荫旁，吃饱了的汉子光着膀子躺在竹凉床上，打着蒲扇，不一会鼾声大作。等到太阳偏西，湖面上吹来阵阵凉风，把竹床上的汉子吹醒了，于是汉子打个哈欠伸个懒腰，抓起身边的泥壶，嘴对嘴咕咚咕咚灌足凉茶，又戴上草帽下田干活去了，直到天黑。

傍晚，是一天中最忙的时候。家家户户赶猪牛进栏，唤鸡鸭入埘，人欢狗叫，小岛生机勃勃，一片繁忙景象。然后是家家生火做饭，烧水洗澡。晚炊的青烟混合晚雾，在湖面悠悠徘徊，最后飘向南岸的山林，又慢慢舒展开，给山岭拦腰系上一条灰白色的"缎带"。

晚饭后，人们在门前清扫过的场地摆上大大小小的凉床竹椅，上面有瓜果和凉茶，大人小孩有坐的，有躺的，有嬉笑的，有打闹的。这时从湖面吹来阵阵凉风，带着野荷沁人肺腑的馥香，令人心神爽朗。团子们唱着儿歌，数着星星，有的玩老鹰抓小鸡游戏。大人们吃着瓜果，谈天说地，评古论今，扯着笑话。姑娘们这儿一堆，那儿一伙，一会儿窃窃细语，一会儿嘻嘻哈哈，一直闹腾到深夜。

竹丝湖水草茂盛，饵料充足，各种鱼类随春潮从长江沿河道逆流进入湖里产卵，仔鱼到六七月就能长到二斤多。所以，夏季湖里既有隔年压底鱼，又有当年繁殖的鱼。鱼随水走，水到鱼来。不仅湖里有鱼，水田、池塘、沟壑、窝凼也有，有水的地方就有鱼，就连牛蹄子踩个水坑，过两天也能见鱼在里面游。村民犁水田翻出黄鳝、泥鳅都不待理会。夏日里，一阵暴雨过后，天边挂着彩虹，潮湿的空气中夹杂稻禾抽穗灌浆散发出的特殊清甜气味。这时候，雨后的稻田埂上清流漫溢，沟壑、低洼处，黄鳝，或鲶鱼或鲫鱼，逆游戏水，争先恐后，密密匝匝，只要用竹篓子一兜，就能回去煮一碗。农家视黄鳝为一害，因为它到处打洞，钻透田埂，将田里的水漏掉，造成秧苗枯死，而且黄鳝钻的洞非常隐蔽，不容易找到。所以村民见到黄鳝，一铁锹铲断，也不捡，任其顺水冲走。

我最喜欢夏日里在竹丝湖边看朝霞和晚霞，那种感觉让人陶醉、痴迷。

早晨，横山顶上最先露出微光，随着亮度逐渐洇开，白光慢慢变成橘红色，再看湖水也被染成一片通红。不一会工夫霞光万丈，一轮红日从山背后露出脸，整个湖面顿时金光四射，妖娆无比。新的一天就开始了。

傍晚，我要说的特别是雨后傍晚，血红的斜阳挂在天边，彩云、远山、丛林倒映在湖面，显现出另一个童话世界。远处荡来一条小船，顿将平静的湖面划破，激起的涟漪抹掉了倒影。小船驶过，童话世界又重新出现。

我们岛上家家都有一种带窝棚的六舱船，既是交通工具，又是居家住所。船的中舱和艄舱都有芦席搭的窝棚，能遮阳避雨，有的打鱼人常年住在船上，以船为家。船的前面两个舱位存放渔具，一个舱里存鱼，舱面都有盖板，人在舱板上打鱼作业。中间大的舱是卧舱，前后舱门都有帘子，白天堆放被褥衣物。带窝棚的后艄是生活舱，其中又分为安置灶具的伙舱和存放柴米油盐的储藏柜舱。后艄还悬挂一两个竹笼，关养些鸡或鸭子。一般人家除有一艘窝棚船还有一艘较小的作业船，妇女和孩子平常住在窝棚船上，作业船专门用来出港打鱼。

竹丝湖的打鱼工具主要有粘网、跳网、拦网、罾网、卡子等。渔具根据不同季节和捕捞不同鱼种而定，所以我们岛上的渔具很杂，每户都有自家的首选。每当傍晚，一条条作业船离开小岛，驶向不同的方向投放渔具，直到天黑才能返回。第二天晨雾还没有散开，早起收网的渔人就陆续回来了。待到太阳露出横山，男人划着作业船把鱼送到牛埠镇早市上去卖，女人则在窝棚船上生火做饭，清理和修补网具。夏季湖深水满，捕的都是浮游在中上层的鱼，有白鲢、草鱼、胖头、鲮鱼、鳡鱼、白鲦、翘嘴鲹子等，其中大多是质优味美的细鳞鱼。一条夫妻船一天能打三四十斤，换回柴米油盐，温饱有余。

我对罾网很感兴趣。这是固定在水边的一种渔具，它是用两根长毛竹十字交叉撑开网，形成边长十米左右的正方形，利用杠杆原理支撑，静放在水底。渔人在岸上的窝棚里坐等，隔一段时间拉动缆绳，又叫扳罾。如果有鱼从网上过，扳起后就落入网中间的竹篓中。篓口有倒须，鱼进去就出不来。网可以反复放入水中，落网的鱼也不会死去，而渔人可随时去取。因为只有鱼经过罾网上方才能捕到，所以罾网大都安放在河道狭窄、闸口回流有鱼经过的地方。

扳罾看来很悠闲，其实很辛苦，日夜守在罾棚里不得离开不说，到了旺季更是辛苦。遇到鱼群经过，每过一袋烟工夫就得扳一次，每次都有几斤、几十斤鱼，加上罾网和支架，提起来足有百十斤重。同时，又要忙着驾船把竹篓里的鱼取上来，一天下来，身子骨都散了架。

卡子是一种钓，即在一根绳线上每隔两至三米拴一个竹篾做的弯弓钓，鱼为吃饵料咬破套在弓钓上的草管，弓钓立即崩开卡住鱼的鳃，使之难以逃脱。这种渔具简单、本钱小，且不受季节限制，是小本渔户常用的。别看卡子只有绣花针长，捕的鱼通常不超过一斤重，但有时也能捕到大鱼，我亲眼见过村北红旺家竟然用卡子捕到一条八斤多重的大黑鳢。

这是因为黑鳢追吃卡子上捕到的鲫鱼,一口吞进肚子里,结果吐不出来,自己也成了渔人的猎物。

我家打鱼用的是跳网。那年入秋,湖水开始回落,老爸和二叔还有阿宏哥,三人搭伙张跳网。奶奶要求老爸把我带走,免得在家不听话淘气。

跳网是一种较复杂的渔具。出发前他们将麻绳、篾缆、木桩、竹竿和网具,杂七杂八整整装了一条大号作业船,由二叔和阿宏哥划着。老爸独自打着双桨,划着一条窝棚船,让我坐在他的船上,两条船接尾而行。

秋风轻拂,湖水清凌。浪花拍打船头,发出欢快的哗哗声。我们的目的地是竹丝湖下游的小泊荡,因为只有在水流经过的开阔水面才适合张跳网。一路上,过荷塘,穿菱荡,湖燕、沙鸥在我们头上盘旋、鸣唱,不远处的鱼鹰一会扎进水里,一会又露出水面。驶过微波涌动的湖面,前面就是小河口,转眼间小船进入一条弯弯曲曲的河道,我们顿感清凉起来。

小河口是湖水注入长江的出口。河道两岸是茂密的芦荻,船行驶在水上,似乎进入幽静的深巷。河道清澈碧绿,深不见底,芦丛里不时有水鸟被我们的桨声惊飞。二叔一时高兴,一边划桨,一边提高嗓门唱起山歌《打米粑》:

大米好吃吆——田难种哎,
糯粑好吃吆——磨难推哎!

勤劳卖力吆——能吃苦哎,

盼得丰年吆——好光阴哎!

哦——啰——啰——啰……

不知行了多长时间,待拐过一个大弯,狭窄的河道到了尽头,在我们面前呈现一片望不到边的芦苇荡。芦苇荡里有一条不宽的曲里拐弯航道,我们行驶在芦苇"深巷"里。

芦荡静谧幽深,显得荫凉。航道上不时有鱼儿跃出水面,发出清脆的噼啪声,像是为欢迎我们在鼓掌。我早已迷了向,不知道要驶向何方。这时,老爸把船划到前面引路,让二叔他俩紧跟着。在天渐渐暗下来的时候,老爸停下了手里的桨,说:"小泊荡到了。"

这是一片不太开阔的水面。船停下后,老爸把竹篙往水里一插,麻利地拴上船头绳,交代我自个儿在船上不要乱动,不要爬到船帮子上玩水,他自己跳上了二叔的作业船。

窝棚船在水上漂着,从水的流向我看出,来的方向是上游——竹丝湖,不用说船尾对着的是下游。再往远,大概就是大人们常说的长江了。

这片水域张跳网有点小,需要清除芦苇、扩大水面。老爸和二叔、阿宏哥三人将长把镰刀伸进水底,将芦苇齐根割断,割倒的芦苇都漂浮在水面上,顺水流到一边。不一会便清出一大块空白水面。我看到他们三人休息的时候,在商量、比画好一阵子,接着开始在一条直线上隔一段距离打下一根木桩，一字形排开，桩与桩之间又等距离插上带来的长竹竿，远远望去像一道水上篱笆。这一切准备好后，他们才开始在木桩和竹竿上挂渔网，并用手指头粗的篾缆绑束固定好。挂渔网时，我发现他们把垂到水里的渔网向上卷起，形成一个兜，兜的底部泡在水里。在水下面，和木桩、竹竿成一条线整整齐齐排列着的是刷有白漆的竹片帘子。这样，水面上的网像一堵墙，水下的竹帘子也映出一道白色屏障。忙完这一切，他们三人回到窝棚船上，老爸和二叔盘腿坐在舱板上舒服地抽着黄烟，阿宏哥开始淘米生火做晚饭。

　　天完全黑下来了。芦苇荡里很暗，没有一点风。我们坐在船舱板上围着马灯吃晚饭。刚扒几口，就听到张跳网的方向有鱼击水的声音。老爸听到一怔，忙放下手里的饭碗说："有鱼起跳了，走，看看去。"二叔忙解开停靠在一边的作业船缆绳，和老爸利索地跳上去。

　　不一会工夫，他们又划回来了。在昏黄的马灯光下，我看到老爸左手提着一条鲜活的大草鱼，右手拎着的那条鳊鱼足有三斤多，还在一个劲地打挺。老爸说："今天晚上可能有鱼群经过这里，我们休息不了啦！"他把鱼扔到舱板上，交代阿宏哥，"你留在窝棚船上陪栓子做个伴。顺便把这条鳊鱼烧好，多放些剁红椒啊！当半夜餐。"

　　阿宏哥在剖鱼，我蹲在一边观看。他对我说，跳网插下去就有鱼起跳，这是好兆头，说明今天布网位置选对了。现在是鱼儿洄游长江的季节。他指指这片水域，从竹丝湖下来的鱼群途经这里,见水里有一道白色的竹片屏障,急着想越过去,猛一起跳,便一头撞到网"墙"上,最后落入网兜里。只要鱼群中有一条鱼起跳,其他的鱼也争先恐后跟着跳。由于网兜的一半是浸在水里的,落入兜里的鱼,既无法起跳逃脱,又因有水不会很快死掉。能越障起跳的都是大鱼,所以跳网捕到的都是三斤以上的且优质的白鳞鱼,无鳞鱼和底水鱼不会起跳。

阿宏哥一边收拾鱼,一边饶有兴趣地跟我拉呱,可我的眼皮直打架,迷糊了。

……

一阵凉风把我吹醒,发现自己躺在中舱凉席上,身上盖着一块土布被单。我一骨碌爬起来,套上小褂,揉揉惺忪的睡眼。噢,已经是清晨了。这时的湖面上漂着团团芦花,随着微波漂动。轻纱似的薄雾在水面上游移,空气中有一股芦叶的清香,甜滋滋的。四周一片宁静,偶尔从芦苇荡深处传来野鸭的嘎嘎声和不知名水鸟的唧唧细语。

钻出窝棚来到舱板上,环顾四周,芦苇似高高的绿色围墙,把我们的船围在这块不大的水面上。"围墙"西边的芦梢上映出了橘黄色——大概是太阳已经出来了。

阿宏哥还在伙舱里忙着,见我醒了,说:"快洗洗脸,马上就吃早饭。"他揭开双耳锅盖让我看正在煮的鱼。香气随着烟雾直往鼻子里钻,满满一锅鱼,色香俱全,姜蒜调和的汤汁还在一个劲地突突,上面撒着点点红辣椒,我偷偷地咽了一下口水。阿宏哥将锅铲顺锅沿下去铲了铲，以防结底子。热气把他的脸熏得红通通的。

"昨晚的大鳊鱼你没吃上。这是今早刚跳上来的青鱼，等会多吃些。"他说。

这时，老爸和二叔也把作业船摇过来了，我迎到前舱板上，顿时惊呆了。作业船三个舱都装满了鱼，有的还在跳动，全是草鱼、胖头、青鱼、白鲢、鳊鱼，好长的一条大船，只剩下不高的船帮露出水面。我睡了一觉，他们竟捕了这么多鱼，好厉害的跳网啊！

阿宏哥已把早饭摆在舱板上，双耳锅坐在中间草箍上，满满一锅香喷喷的红辣椒煮鲜鱼，没有别的菜，只管尽情地吃吧！大家围坐在一起，一边吃一边谈笑，我还用勺子喝了两口浓汁鱼汤。听老爸说，昨晚来得巧，正赶上鱼群从竹丝湖下来，所以这一夜都没合眼。我看他们三人的眼睛都红了。

早饭后，阿宏哥留在窝棚船上看网，老爸和二叔要去牛埠镇卖鱼，让我也去。啊，世上最高兴的事，莫过于带这么多鱼赶集了！到了牛埠，远远地就看见码头西边的人群，那是前来上鱼的鱼贩子，担着扁担箩筐。我们的船刚靠岸，就被他们团团围住了。

夏秋之交，湖心岛上渔民有一个短暂的休整期。这时候的湖滩上到处堆放着网具，渔船被拉到岸上翻过来底朝天扣着。修船的木工、油漆工整天忙前忙后，空气中散发着一股石灰混合桐油的气味，一天到晚叮叮咚咚的修船声震耳欲聋。

村边的大树下，凉棚里，到处是打麻线、修补渔网的妇女嘻嘻哈哈的说笑声，一派繁忙景象。

秋天的竹丝湖是果实的世界。岸上是金黄的稻田，碧绿的菜园。山坡上是压弯枝头的桐油果，红通通的柿树林，风吹直往下掉果的板栗树。南山的荆丛里，遍山的野山楂和山毛栗，各色各样珍奇野果令人眼花缭乱。再往湖里看，荷塘的莲蓬低下羞涩的脑袋，小船穿梭在里面阴凉静谧不见阳光，一上午就能采摘一船舱香莲，个个饱满硕实，有的青嫩，有的已经变成黑色。沿岸浅水滩，到处是菱角、芡实和水浮莲。菱角菜有根很细的藤茎从水底长上来，紫红色的叶子贴着水面。洪水季节，一夜之间水涨一米多，菱角菜的藤茎也能随水长一米多。菱角开五色花，白的、黄的、紫的、蓝的、粉红的，收花五天后就结出小菱角。这时候乘船从湖里过，随手抓一棵菱角菜，叶子下面便有三至五颗鲜红粉嫩的菱角，吃起来香脆甜润。芡实俗名鸡头米，有铁鸡和粉鸡之分，它是竹丝湖的特产，果实硕大，营养价值高。芡实的叶子有盆底大，贴在水面上，开花季节五彩缤纷。到了秋天，水面上露出一个个像公鸡的尖觜，提起"尖觜"，下面就是球形带刺的"鸡头"果实。据说鸡头米是绿色高级滋补品，在国际市场十多美元一公斤。20世纪50年代末，湖心岛上家家划着小船下湖，在芦荡和茭白丛中漂荡度日，十天半月不上岸，也不生火起炊，靠吃菱角、野藕、鸡头米生存。

竹丝湖的水浮莲到处可见，其形千姿百态，其花妖娆妩媚，品种之全是别的湖泊不可比拟的。水浮莲的根很嫩，粮食紧张年头，春天青黄不接，湖区人经常挖来充饥，清脆爽口，是很好的代食品。

再说湖东南"水泊"，逶迤数十里，是一望无际的湿地。湿地里长着茂密的芦苇和水蓼，夏季水大就形成芦荡，秋冬水退后形成块块孤岛。湿地的动植物种类繁多。芦丛的底层遍地是蒌蒿和水芹菜，把芦苇挤得东倒西歪。在这个阴暗潮湿的芦丛里，到处都可见到龟蛇和其他两栖动物。早年，湖心岛的几个妇女进荡摘芦叶回家裹粽子，曾见过大蟒盘起来有囤底大，简直成了精。湿地里食物多，很多水鸟喜欢以湿地为家。秋天，当你踏进湿地，到处是鸟的世界。在一丛苇秆上，有用苇叶缠在一起，离地面一米多高的精巧窝巢，那是鹭鸶的家。在高高的芦秆上吊着一个草扎的球巢，还有一个能进出的圆门，风一吹来回晃动，那是翠鸟的家。常年不走的野麻鸭和河鸡、湖鸥喜欢在隐蔽的草丛沙地里做窝。野麻鸭下蛋分两层，先在地窝里下几枚，然后铺上薄薄一层干草做窝，再在上层窝里下五六枚蛋。母鸭孵化时，下面的一层蛋因温度不够而不能孵化，最终变质发臭，招来苍蝇在上面产卵。当上面一层蛋孵化出小鸭时，下面"坏蛋"生的蛆虫也长得肥肥胖胖，正好给稚嫩的小鸭提供营养，直到它们的亲鸟能领它们出窝自己觅食。瞧，野麻鸭用自己下的蛋变着法子喂养孩子，想得多周全！

秋风吹,芦荡里漫天的芦花像鹅毛大雪撒向四面八方,水面和草地上到处覆盖着一层"白雪"。立秋过后,湖水下泄的速度也快了,有的地方已经露出浅滩,湖区人开始进荡割芦苇了。他们带着干粮、炊具和衣物来到湿地,找一块干燥的孤岛搭起窝棚,支起缸瓦灶,男男女女没日没夜地忙着割苇。竹丝湖的芦苇粗壮长秆,像小竹子,每根都在五六米长,单根架起来就能晾衣服,一片芦叶就可以裹一个粽子,湖心岛的囝子都用芦苇做笛子、口哨,一天到晚吹得呜呜响。大人们将割倒的芦苇打成捆,在芦荡里竖起来堆成一座一座的金字塔,待晾晒半月后用船运回村。等到农闲,各家各户便压苇编芦席了。

春华秋实。秋天是湖心岛村民的主要捕鱼季节。秋季捕的鱼类品种也多,草鱼、青鱼、胖头、鲤鱼、鲫鱼、白鲢、翘嘴、鲛鱼、鳜鱼不必说了,鳡鱼、白鲦、长嘴鲛、鲑鱼、鳟鱼、乌鳢、鲳鱼、鲥鱼、毛刀鱼等湖鲜,还有好多是叫不上名字的。仅鳊鱼就有十多种,什么红腰鳊、三角鳊、椭圆鳊、驼背鳊、四鲂鳊、青鳞鳊、红肚鳊、赤眼鳊,形状各异,食味也不一样。水底下是鳖、龟、河豚、白鳝、黄鳝、鲈丁、泥鳅、鲶鱼、河虾等,这些属于湖底鱼。

到湖枯水浅时,泥沙里还有各种各样蚌类、螺蛳、蚬,任你随便捡拾。尤其值得一提的是竹丝湖的绒毛大闸蟹,背青肚白,个大肉多,蟹黄凝而不硬,肉质油而不腻,味道极其鲜美,每只足有碗口大。吃过竹丝湖的螃蟹,不再思念其他美食了。20世纪五六十年代，江浙、上海的一些商贾都慕名前来采购，有的远销香港和东南亚，香港设在内地采购的五分行曾专门派人来订货。后来，现代样板戏《沙家浜》把阳澄湖唱出了名，带出阳澄湖大闸蟹，实际上竹丝湖的绒毛大闸蟹较之阳澄湖大闸蟹有过之而无不及，只是很少有人吃过才不甚出名。

俗话说："十月螃蟹满肚黄。"过了中秋，就是捕蟹旺季。渔家的捕蟹工具五花八门，蟹网、蟹笼、蟹钓、地笼，有的只用一盏马灯就可作捕蟹工具。

螃蟹对光非常好奇。天黑以后，你选一处水下有沟坎的地方，插一根竹竿，挂一盏马灯，静静地坐守在那里，一动也不要动。不一会，水底下的沟坎处露出四条蟹腿，这是螃蟹在搞侦察，稍有动静，它马上就缩回去了。当发现没有危险时，它才慢慢露出身子爬到坎上，先是竖起两只鼓起的眼睛，滴溜溜地四面观察，仍没有发现危险，这才继续向灯光处爬行。待到爬出水面，你要毫不含糊地、以迅雷不及掩耳的动作将它摁住，动作稍慢一点将是空等一场。

河蟹是两栖动物，离开水也能生存。所以它上岸到处爬行、打洞。夜晚，你走在湖岸沟坎边，草丛中映出白色泡沫，那是蟹在吐气，伸手过去就是一只大闸蟹。稻田、菜园、沟渠里经常有螃蟹出没。

不同的季节，捕的鱼不一样，捕鱼工具也不尽相同。到了秋季，捕大鱼的工具有拦网、鱼篮、罾、挂钩、鱼叉，大小鱼都能捕的有粘网、赶网、卡子，捞小鱼和虾米就得用兜网、推网、篾笼等。在湖心岛渔民有种独特叉老鳖的方法，既古老，又别有风趣。

那年秋天，村西的小黑家置了两条小船，专门用来叉老鳖。听老年人说，小黑家上辈就干这一行当，是远近有名的叉鳖能手。有一天，我和二牛求小黑带我们一起去看叉鳖，经他老爸同意，我们上了船。但是，他老爸提出要求：我和二牛必须老老实实坐在船舱里，只准看，不准乱动，更不许大声嚷嚷。我们兴致勃勃地满口答应。

秋水连天，浩瀚缥缈。两条小船从村东码头出发，小黑老爸驾的船在前面，我和二牛乖巧地坐在小黑划的船上，紧跟在他老爸的船后面。

一路上我们三人小声嘀咕叉鳖的事，小黑像个大人一边打着双桨，一边和我们拉呱。不大工夫来到东墩湖汊，他老爸停下来，站在船艄，双手叉腰四处瞭望，我们的船也随之停下。大概是没看中这个地方，他又接着往前划，一直到一处叫牛滚凼的水面才又停下来。

小黑也跟着收起双桨，开始做准备。只见他从舱里取出木盆样的家伙，"盆"底像是水牛皮蒙的，更像是一面鼓，敲起来还嘭嘭响。在他老爸的吩咐下，小黑把那个"盆"扣在水里，手里还拿着一根木槌子，做出随时准备擂动的架势。这时，我们看到他老爸已经站在船头舱板上，家纺的土布汗巾扎着腰，头上扣着一顶竹编芦叶斗笠，手里握着一柄长竿五股叉，不时地用叉竿拨水，划动小船慢悠悠地向前滑行。

"开始！"小黑老爸话音一落，就见小黑挥动木槌在"盆"底牛皮上猛敲。顿时，周围的水面泛起阵阵涟漪，并发出嘭嘭的沉闷声，在小船上也能感觉到湖水随之震动。这时，我们见小黑老爸手持鱼叉，眼睛一眨也不眨瞪得老大，静静地盯着周围水面。我和二牛蹲在舱里大气都不敢出。

小黑擂了一阵停下休息一会，接着又擂，一阵紧似一阵，脸上的汗直往下流。我和二牛莫名其妙地一会看看他老爸，一会又瞅瞅水面。就在这时，小黑老爸船的左侧，湖水下面向上冒出一串气泡，他立即用叉竿轻划几下，将船靠过去，同时举起鱼叉对着水底冒的气泡稳稳插下去，等到一定深度又往下一扎。水很深，一丈多长的鱼叉竿只露出梢梢。我们看到他的手腕微微在动，略停一会，小黑老爸脸上露出满意的笑容。他慢慢把鱼叉往上提，等到露出水面，鱼叉尖上是一只青背白肚的老鳖，四爪乱划，身上还带着泥呐！哇，好准呀！这么深的水，能将下面的鳖叉中，我和二牛都看呆了。

小黑老爸从叉尖上摘下老鳖放进鱼篓里，小船继续向前划动。在另一处，小黑老爸又下了一次叉，可这次我们发现没有叉中，看来也有失手的时候。可不，七八尺深水底下，看不见摸不着，叉不中也难怪。

还有一次叉上来的是一只大河蚌，他老爸摘下来生气地狠狠甩出去，河蚌在水面上弹滑出一道好看的流线。想不到河蚌在水里也吐气泡！

收获最大的是在小河口圩沟里,有一阵连续叉中四只,每只都在三斤左右。

太阳偏西的时候,我们也乏了。当两条小船靠在一起的时候,我凑过去拉开鱼篓盖,嚯,七只老鳖趴在里面。

在返途中,小黑爸要和我们分手了,他要独自去牛埠镇。因为叉伤的老鳖不能久放,必须马上卖到餐馆酒店里。我和二牛跟小黑的船回村。

往回的路上,小黑告诉我们,那个蒙着牛皮像洗澡盆的家伙叫水鼓,扣在水上摇动,水底下的老鳖受到震动就吐气,气泡冒到水面就暴露了目标位置。当然,叉鳖要好天气,尤其要求风平浪静。不过,想有收获全靠多年积累的经验,没有经验不仅不知道洋洋湖面哪里有鳖,要叉到丈多深水下的老鳖更是不容易。小黑承认他现在还不行,很多门道都没有拿准,叉十次就十次落空,只能当个"捶鼓手"。

冬季的竹丝湖,到处是大自然的馈赠。10月过后,随着江水回落,湖水日见枯瘦。湖区人早做好了准备,用竹屏把湖汊、渠坝、圩口闸住,用网把豁口拦得严严实实。到处是人们捕鱼的丰收喜讯。

冬渔主要的捕捞场是在湖口。

湖口捕捞归沿湖各行政村管辖。那是用兜网捕鱼的活计,组织捕捞的人是从各村选派的有经验的渔民,而我们湖心岛上的荣哥、宾叔、常叔是兜网经验非常丰富的老渔工,他们已经干了半辈子,是师傅级的了。

兜网像个大漏斗,前端的喇叭口与屏闸严密连接在一起,"张着大嘴"摊住河道,吞噬着湖水和顺水而下的鱼群,后面拖着的网袋有十余丈长。随水流而下的鱼,在接近兜网口的激流时被迅速冲进网袋,最终难以逃脱。湖口的兜网不是在一般地捕捞,简直就是装鱼。好年景,半小时起一次网袋,都在千斤以上。有时鱼太多,河道的水面上都是鱼群,延绵千米,屏闸根本挡不住,渔工无法把这些鱼都捞上来,为保护屏闸,只得将网袋后面的绑绳解开,让鱼穿过兜网顺流而下进入长江。不然鱼群堵塞流水,屏闸和网具就会被冲垮。

有一年农历腊月二十几,连着下了几天大雪,雪地窝棚里的渔民已经三天三夜没合眼了,日夜起网卸鱼。那时的交通不方便,又加上大雪封路,鱼贩子少了,鱼多得实在卖不出去,闸口、河沿上到处都堆着鱼,附近村民花一块钱就被允许装两箩筐,挑起来走出一百步远就算归你了。到第五天,雪地上鱼越堆越多,不知道怎么处理才好,随便弃放在湖滩上。就在那天晚上,刚过半夜,值班人员起过网把鱼卸到岸上,正准备回窝棚暖和暖和,突然发现屏闸后长长的网袋浮起来了,被激流冲得左右摆动。网袋是沉在水里的,而且是刚起过,怎么会浮在水面上?这很反常,以往不曾见过,觉得很奇怪。

为避免出问题,两位值班员重新上船,试图捞起网袋看个究竟。把竹篙插到网袋下,怎么也撬不动,死沉死沉的。

这说明网袋里有东西，如不马上处理，阻挡的流水就有可能冲垮整个屏闸，那后果不堪设想。这突如其来的新情况惊动了窝棚里熟睡的所有人员，大家立刻穿上衣服，另驾一条备用船只配合作业。七八个壮汉在风雪中费了九牛二虎的力气才把网袋拖到船上，当解开后面的绑绳，哗的一声，大家都惊呆了，网兜里泄出的不是鱼，全是野鸭，足有五十多只。这些野鸭多数在网里让冰水憋呛死了，活着的也因羽毛全被冰水揉搓得湿漉漉的飞不起来了。这下可把大家乐坏了。

野鸭钻进鱼网，真有点怪。然而，要怪就怪在这冬夜迷漫的雪沙和湍流。

大雪漫天的夜晚，竹丝湖茫茫一片。原来鸭群在夜幕下觅食，顺水漂流，不知不觉被迷漫的雪沙推到湖口。当接近屏闸时，还没有来得及发现伪装的笼口，就被飞泻的、湍急的流水稀里糊涂地冲进网袋。因为鸭子的羽毛轻，冲进去后整个网袋就漂浮起来了。开始谁也没明白怎么回事。幸好发现得早，处理及时，不然将造成严重后果。

天上掉下这么多野鸭，渔棚里的人是吃不完的，天天鸭肉蒸饭、鸭肉煮粥，都吃腻了。有人提着野鸭冒雪到附近村子换萝卜白菜，主动要求等量交易，一斤野鸭换一斤萝卜，这才消耗掉一部分。

竹丝湖通长江，长江在这里拐了个大弯，形成大片江洲浅滩，是鱼类生长繁殖的栖息地。每年大量鱼苗顺春潮逆流到湖里，老人们常说，竹丝湖水有多深，鱼就有多少。且不说别的，就说竹丝湖的河豚吧，那是出了名的"江三鲜"之一，个大、肉肥，一个河豚皮就可以蒙一面小孩玩的拨浪鼓。20世纪50年代中期，湖里盛产河豚。湖心岛渔民捞上来的河豚堆在湖边码头上，吃不完也卖不出去，妇女、老人都带着小板凳拿着菜刀去剖鱼，不为别的，只为取河豚肚子里的一小块脂肪，拿回去熬油点灯，河豚肉都堆在湖滩上任其烂掉发臭。

深冬腊月，水浅湖枯，蒿草焦黄。竹丝湖又是以另一番景象展现在人们面前。南来北往的水禽遮天蔽日，斑头雁、白天鹅、野鸭、红嘴鸥、江燕、白鹳、鹭鸶、鹈鹕和珍贵的丹顶鹤、黑颈鹤，从四面八方聚拢来，落到湖里争食鱼虾。一时间，呼叫、打斗、嬉闹，把竹丝湖闹翻了天，整个湖区无宁日。那年，我的邻居家来了一位上海的客人，住了三夜就提出要走。大老远的来了，怎么不多住几日？主人不明就里，还以为是招待不周。经再三追问，客人才道出缘由："哎哟，你们这里的晚上比我们南京路还闹得慌，实在睡不好。"

冬季，竹丝湖天空的野鸭、大雁遮天蔽日，南来北往，数不尽，看不够。

深秋的一天傍晚，阿宏哥扛着一根长竹篙来找我，他说："走，今晚跟我去傅家岭。"傅家岭是竹丝湖南岸一处山岭，去那干什么？我不解地盯着他。他掂掂肩头的竹篙说："打野鸭去。"打野鸭？野鸭是在天上飞的，没有枪，怎么打？

他把我拉到一边对着我耳朵嘀咕几句。"好吧！"听了他的话，我不假思索地抓了件旧棉袄往外走，奶奶见我要出门，追出来往衣兜里塞了两个锅巴团子，并叮嘱阿宏哥，不要玩得太晚。

在湖边我们上了小船。阿宏哥打着双桨，我坐在船头，用不了多大工夫就到了南岸。上岸后他领我顺着山坡往上爬。太阳下山时我们接近傅家岭。

天高云淡，群山巍峨，四周一片肃静。又爬了一阵，到了山顶分水岭。这是一处陡峭的山峰，东西走向。我朝山下望去，北面不远处就是竹丝湖，在夜色降临时迷蒙昏沉，显得宁静、神秘，湖周围的村庄飘升起淡淡烟雾。我转身向南望去，逶迤数里是高低错落的山丘，再往前也有一个湖，湖水浩如烟海伸向远方，那就是邻县的陈瑶湖。原来高高的傅家岭把两个湖隔开了。

爬了一阵山，我有点饿了，找块山石坐下，一边休息一边从衣兜里掏出锅巴团子吃起来。阿宏哥一个人在忙乎，这里走走那里看看，像是在找什么。

就在这时，我发现天空的野鸭、大雁、河鸡络绎不绝地从头顶上飞过，一路聒噪，热闹极了。野鸭和河鸡飞得都不高，几乎擦着山顶，而大雁则高高飞在上面。这时，我猛想起有人说过，翻傅家岭去山那边，在岭头上歇脚时，一群野鸭飞来，竟从空中撒下一泡屎落到头上。因此，人们这个季节翻傅家岭，都不敢在岭头上长时间停歇。我瞪着天空的鸭群，生怕这种倒霉的事叫我摊上。

天完全黑下来了。阿宏哥把我带到峰顶一处平坦的地方，他先将一根麻绳拴在竹篙的中间，然后把竹篙放倒。从附近又找来一块大石头抵在竹篙根部，石头中间有个窝，竹篙的根部正好顶在窝里。做完这一切，阿宏哥抓住绳子头，让我和他头朝北、脚向南并排躺在茅草丛中。躺下后，阿宏哥的双脚牢牢蹬着那块大石头。

我们就这样静静地躺着，眼睛盯着夜空。

不时有水禽从头顶上飞过，有往南去陈瑶湖的，也有往北飞往竹丝湖方向的。大群的野鸭从空中飞过时，很远就能听到翅膀扇起的风呼啦啦响，像风暴来了似的，岭头的茅草都被扇得沙沙作响。

天上的星星眨动眼睛，开始刮风了。

躺了一会，我有些不耐烦了。阿宏哥帮我把旧棉袄盖好，小声嘱咐我不能动。

又过了一会，山风大起来，过往的野鸭也飞得低了，就在我们身子上面，几乎站起来伸手就能抓住。我陡然感到阿宏哥开始紧张起来，双腿伸直蹬紧脚下的石头，手中的绳子也绷紧了。就在这时，又有一群野鸭从北边竹丝湖方向飞来，呼呼的风声瞬间就到了头顶，只见阿宏哥猛地坐起来，双手拉动绳子，霎时竹篙从南边往北竖起来，向飞行的野鸭迎头打去。这突如其来的袭击，使鸭群大吃一惊，它们一边惊叫一边纷纷向两边躲闪，可竹篙正迎头打来，展翅飞翔的野鸭根本来不及转向,有一只被篙梢打中,从空中掉下来。阿宏哥猛地跃起来,不顾一切地奔向茅草丛,找到了那只被打昏的野鸭,我也赶紧跟过去。

这是一只"三鸭",野鸭一般三只为一家庭,一公两母,人们叫它"三鸭",有二斤多重。阿宏哥忙用带来的细绳子把鸭腿和翅膀牢牢捆住。

首次成功,我们顿时来了精神。放好猎物,又立即重新布阵,放倒竹篙,重新躺倒在地上。不大工夫又有一群野鸭呼啦啦飞过来,这回阿宏哥拉得迅猛,竟打落两只。我们又高兴地跃起来去抓。只可惜,因为天黑看不真切,只抓到一只,另一只被打晕了,没等我们赶到又飞跑了。

我身上已热乎乎的,不觉得冷了,见用竹篙打野鸭很有趣,央求阿宏哥也让我试试。可他说,掌握时机很重要,我拿不准。再说,拉绳子得要一把劲,要快,要准,要狠,力气小了不行。我不服气,坚持要试。于是我俩互换了个位置,他给我指点。

正如阿宏哥说的,没掌握窍门真不行。有一次,当野鸭飞到头顶,我使出吃奶的劲拉紧绳子,由于力气不足,等竹篙竖起来,野鸭早不见了踪影。还有一次,我倒是拉得及时,可用力过猛,竹篙不是正着竖起来,而是偏向一边,只把野鸭吓唬了一下,根本没打着。阿宏哥见我不行,试图要回绳子,但我仍要坚持最后干一次。这时从南边飞来一群野鸭,我未加思索地在慌乱中拉紧绳子,竹篙在野鸭的屁股后面竖起来,受惊的鸭子一下子炸了锅,飞得更快了。阿宏哥大笑道:"怎么从后面打呢?赶鸭子呀!"原来我是把方向弄错了。我们摆的阵势,只能打由北边飞来的野鸭,如要打由南往北飞的野鸭,就得重新掉头换个卧倒的姿势,竹篙摆放也要掉个方向。我知道这不是逞能的事,只得作罢。

后来,阿宏哥又打了三只,其中一只是河鸡,这是一种常见的水禽,它的肉比野鸭还鲜美。

时候不早了,阿宏哥见我的兴头下去了,开始打哈欠,于是站起来收拾。他把捆绑好的野鸭用竹篙挑着。

下山后我们登上小船。夜幕下的竹丝湖,野鸭呱呱,河鸡唧唧,热闹非凡。小船两边,不时有惊飞的水鸟,带到空中的水点洒落下来像毛毛细雨。我卧在船舱里铺就的稻草上,催阿宏哥快划,可怎么到的家,就记不清了。

第二天,听阿宏哥说是他把我背回家的。

在没有野生动物保护法的年代,野生水禽是吸引人们猎获的目标。那时候,湖区猎人使用的狩猎工具还很落后,常见的是一种古老的"二人抬"火铳。这种猎枪虽然笨重,射程也不远,但火药铁砂装得多,对集群杀伤力很大。

冬日的湖畔,晨雾散开后,太阳暖洋洋地照在滩涂上。这期间,湖岸边经常有猎人在向湖滩观察。他们通常两人一组,领着一条猎狗。发现目标后,把"二人抬"架在一种能推动的、像北方雪橇的木架子上。木架子的前面有稻草帘子挡住，人趴在后面，跪在地上推动木架在烂泥地上滑行，狗（一般为黄狗，与冬日湖滩的色调一致）在一旁若无其事地走动。等木架推到离目标有效射程的距离时，点燃引信。霎时火光一闪，其声如雷，火铳里的霰弹射向猎物。那些被打中要害的野鸭、河鸡应声倒下，受伤的还能惊飞一段距离。这当儿，猎犬派上了用场，箭一般地追过去。

这种火铳杀伤力很大，一次能打十多只水禽。不过猎人失败的次数较多，如在不到有效距离时被警觉的猎物发现，只能一身水一身泥，白辛苦一场。

为了取得好的猎获，有时猎户们联合起来狩猎。他们将五六支火铳集中在预设地点打伏击。这种联合狩猎首先要选择好猎物集中活动区域，经过测算射程，将火铳成扇形摆在一处干燥的地方，并用干枯的水草伪装起来。然后将击发火枪的引信连着一种蜡封的打火机关，再用一根绳子引出来，牵到潜伏在远处的猎人手里。这一切做好后就是漫长的等待。

这种狩猎一般要等一夜，因为黎明前大雁或者野鸭最容易失去警惕。这个时候，它们吃饱了，也嬉足了，互相依偎，相对集中，把头插进翅膀里昏昏欲睡。

一旦机会成熟，伪装潜伏的猎人拉动引绳，带动点火装置，多支火铳同时喷出霰弹向猎物集中的水面射去。每当夜晚我们在睡梦中听到这种隆隆的排铳巨响，第二天在麦田里、油菜地里和田埂边都能捡到受伤的野味。

捕捉野鸭还有一种网。这是用两张网平铺撑开在浅水里，两张网之间留有一定的空当。每张网的内沿用木桩固定在水里，外沿则用一根长长的篾缆连接到猎人手里。猎人在远处水上搭一座吊脚窝棚，通过篾缆控制网的外沿。狩猎时在两张网中间的白水区域放几只家鸭，它们的腿上都拴着绳子，被固定在水面小范围活动，这叫"媒子鸭"。经过训练的媒子鸭，发现空中有野鸭飞过，就发出呱呱叫声，似乎在呼唤。野鸭看到水面上的同类，以为没有危险，便降落下来觅食。当野鸭进入设置的伏击区，猎人使劲拉动缆绳，缆绳带动两片网的外沿，从空中翻过来把所有的鸭子全扣在网里。成功后，猎人荡过小船，取走野鸭，将家鸭留在原地，又把网翻回到原来的位置。家鸭得到食物奖赏后，继续对着飞越天空的同类呱呱呼叫，让途经空中的野鸭上当。

尽管沿湖有不少猎户，湖里的水禽仍然多得无法计数，湖滩、岸边的水氹到处都是它们的栖息地，村边池塘、山谷水坝也有它们的踪影。早春，农民在秧田里撒下稻种育苗，大雁、野鸭经常掠食并将秧田糟蹋破坏；秋天，农民在地里点播的麦种，也常被大雁扒开啄食。为对付这些不速之客，村民们组织起来，敲锣、放鞭炮、扎稻草人驱赶，都无济于事。为此，湖边农户付出了很大代价。

到了冬天，竹丝湖水浅了，水面小了，鱼虾活动范围也小了，几乎是有水的地方就有鱼，哪怕是牛蹄踩个坑，家猪拱个氹，雨后仔细看，也有小鱼小虾在游。1954年长江流域发大水，那年的冬天特别冷，湖面出现少有的冰封，而且冰层很厚，人可以直接踏冰过湖，无须乘船。腊月二十六的早晨，远近村民经湖心岛到马桥渡口踏冰过湖，上牛埠镇赶集。在过冰湖时，有人忽然发现脚底下的冰层里有一条大鱼，嚷开后，过往的行人都跑过去看。几个年轻人放下茅草担子，七手八脚用扁担捅开冰层，把下面的鱼挖出来，好一条大胖头。正在惊喜之余，又有人在附近看到冰下面的鱼。这一发现立刻引起人们的重视，人们纷纷放弃赶集，踏冰找鱼。顿时，惊喜的叫声在冰湖上此起彼伏。

因为天气冷，滴水成冰，不深的湖水冻结后，连同水里的鱼也一起被冻住了，所以透过冰层能清楚地看见下面的鱼。赶集人群轰然掉头回村，扛来老镢和镐。茫茫的冰湖上，人们脱掉棉衣，挥锄抢镐，吆喝声，嬉笑声，热闹非凡。这种打鱼的场面，在长江流域怕是绝无仅有的。一天下来，篮子提，筐子抬，多的挖了一百多斤，少的也有五六十斤，都是三四斤一条的大鱼。我的邻居阿宏哥，挖到的一条草鱼回家称了称——七斤八两。

过了大年，冰雪消融，竹丝湖日渐充满春意。

春季，长江下游多有东南季风，刮起来从早到晚不停。在强劲的东南风推动下，竹丝湖里的水一起涌向北滩，来不及随水游走的鱼都被搁浅。湖心岛打鱼人风里走浪里行，熟悉天气变化，从天上的云层和太阳的光晕就能看出是否刮东南风，于是早早提着网兜和竹篮守候在湖滩上。几阵强劲的风刮过，放眼光溜溜的湖底，让人眼花缭乱，到处是活蹦乱跳的鱼，溅起的泥浆在阳光下闪闪放光，你就尽情去捡吧！不一会竹篮子就满了。年轻人图痛快，顺风逐水撒欢追赶鱼群，那些露出黑色脊背的前拥后挤的鱼群，任你挑着抓。年长的人懒得跑动，他们静静地落在后面另有所图。

湖水被风推干，湖底经太阳一晒，那些窝泥的"湖鲜"待不住了，开始挣扎，有的跳动起来，击起的泥浆老远就能看见。当你发现远处有泥浆高高溅起时，那便是一条四五斤重的大乌鳢，等你去捡哩！水一干，淤泥里的白鳝、黄鳝、老鳖、河蚌也开始挣扎，纷纷钻出来，暴露在光天化日下。懒得跑动的人在后面收获也不小。

开春的东南风来得快停得也快，太阳落下三峰山，就像停了电的风扇，风戛然而止，老天爷又变得心平气和。风停了，气息了，涌到北滩的水开始返流。那些有幸随水漂流的鱼虽然躲过一次搁浅灾难，可退潮时如果来不及随水回流，或者被枯草、土坎挡住，就再也回不到湖里去了。这时候，北岸村民打着灯笼火把成群结队来到湖滩上捡鱼。不过他们捡到的都是不大的鱼，因为大鱼很难随水漂流到北边草滩上。

竹丝湖的鱼是取之不尽的，尽管每年有几次大的劫难。一到开春，春潮涌动，湖水上涨，鱼虾又兴旺起来了。

如此年复一年。

大自然就这样给湖区人以慷慨馈赠！

竹丝湖滨四月天

4月的竹丝湖像个少女,正孕育着青春的躁动。

碧波清亮的湖水在微风的推搡下轻抚湖岸;延绵平坦的湖滩,青草依依,绿茵连天。草丛中盛开各种各样的野花,黄的是荠苦菊,红的是地莲子,蓝的是马兰菜,紫的是紫云英,五彩缤纷,争奇斗艳。光脚踏在软绵绵的、油嫩的秧草地上行走,不时有百灵、云雀从身边蹿起,让你冷不丁地止住脚步。两只紫燕贴着草地轻盈地掠过,一路稚嫩地呢喃,似有说不完的甜言蜜语。

几头水牛在草滩上静静地吃草,有吃饱了的卧在草地上,眯着眼懒洋洋地咀嚼,尾巴不时甩动驱赶牛蝇。

东风袅袅,清凉的空气轻拂人的面颊,使人心旷神怡。这里没有城市的喧嚣,没有浊气污染,四下里宁静而安谧,只有野鸭岛上偶尔传来呱呱声和不知名水鸟的啁啾。听,水中有鱼在咂嘴、跳跃,岸上小草在伸腰,对岸村庄孩童哭闹、犬吠鸡鸣,这些优美的声韵,似乎近在咫尺。

太阳暖洋洋地悬在天上。时近中午,湛蓝的天空,没有一丝云彩。远处青山、村落,不像早晚那样似水墨丹青倒映在湖里,而是影影绰绰,似影如幻。当你站在岸边平视湖面时,水天一色,崇光迷漫,上升的水汽使远处静物朦朦胧胧,影影绰绰,拉得修长,分不清在水下还是在水面上。

突然,从牛埠镇方向划来一条小船,桨声打破神秘的宁静。船上有两个女人,打双桨的是荷叶汀的桂莲,坐在船头上的是她的邻居芳子。她们一路轻声细语,议论当天集市上猪苗、稻谷交易行情,船舱的箩筐里装满采购的生活日用品。

轻舟飞渡,碧波荡漾,小船快速由北向南行驶。

就在这时,从湖西沿水道下来一条大船,满船的年轻女子,一个个身段妖娆,衣着艳丽,发出阵阵欢声笑语。伴随时而高亢时而缠绵的流行歌曲,湖水都被震得泛起涟漪。

两条船行驶到湖心。

桂莲突然停止划桨,定神直瞅大船:"咦,那不是芦塘村的船吗?是月兰啊!"她一边招手一边扯开嗓子,"哎——月兰,你们这是去哪呀?"

听到有人喊,大船上的人马上静下来,划艄桨的女子立刻认出桂莲,随即应道:"是你俩哇,好稀见!不知道吧,我们游湖呐!"

游湖?什么意思?新鲜。桂莲还没明白过来。

"学城里人呗!"芳子随口说。

不一会工夫,两条船靠拢在一起。

荷叶汀与芦塘村相隔不远,村民们互相之间都认识,见了面哪能不打招呼呀?可今天这满船的人倒有几个眼生。现今农村里,年轻人进城务工的不少,芜湖、合肥、南京、上海到处跑,远的还去了广深、云贵,大姑娘、小伙子领回的陌生面孔已不罕见。

月兰告诉她俩,村里的好姐妹们过去住在一起,村头地尾,早不见晚见。现在大多天南海北各奔一方,分开后时间一长怪想的。随着国家推进城镇化,有些人要留在城市落户,今后见面机会更少了。所以她们好姐妹通过电话、微信联系,相约在四月天回村搞一次"观音会"(又叫娘娘会)。姐妹们聚在一起聊聊天,亲热亲热。回到村里后轮流做东,吃在一起住在一起,日夜麻将纸牌,痛痛快快玩几天。这是第一年,以后每年聚一次。这不,回来已经快活好几天了。今天中午安排在小吴村"农家乐"吃的饭,趁天气好大家出门透透气,畅游一下竹丝湖。明天去朝拜九华。

"你看,我们光顾说话,把她们给冷落了。"月兰笑嘻嘻地指着船上坐的人。桂莲和芳子朝大伙望去,满船的大姑娘小媳妇,个个打扮俊俏,风流妩媚。在人群中有几个陌生女子是她们所不认识的。

月兰明白了她俩的意思,解释道:"我们村这几年新添不少外地新媳妇,她们没有见过我们家乡的青山秀水,这个活动也让这些天南海北的妹子到竹丝湖来开开眼。噢,我给你俩介绍一下。"她的话引来一阵掌声。

"这是吴贵春家的二儿媳,四川成都人,在武汉开一家火锅店,生意像火锅一样红红火火。"那女子很大气地用四川话说:"欢迎二位嫂子有时间光临我们火锅店啰。"桂莲和芳子连声说:"一定、一定,谢谢!"

月兰又指指船中舱坐的那个披着长头发的小媳妇:"那是吴云华的儿媳妇,浙江金华人。现在和吴家老大在杭州做建材生意,已经是老板娘级别了。"紧接着,她庄重宣布,"船头坐的是我弟弟年前刚结婚的媳妇,上海一家外企服装厂的车间主管。"月兰还没说完,那媳妇马上站起来有礼貌地鞠个躬说:"两位嫂子好!"慌得桂莲和芳子一迭声回应:"你好,你好!快坐下,船上摇晃,小心点。"

这时候,有个姑娘站起来大声道:"桂莲姐,不认识我了吗?我是小惠。"桂莲和芳子一时有点蒙,眼睛不住地在她身上打量,老半天才哦出声来,连连说:"认识、认识。这不是老焦家的二丫头吗?四年前上合工大时,是我们竹丝湖南岸第一个女大学生哩,当时还是个黄毛丫头!"

小惠一撇嘴:"还黄毛丫头哩?都二十四了。"

月兰接过话茬:"现在可了不起啦!她与我们村的大学生李建军处上对象了,准备进军什么……哟,我都说不上来了。他们可真是郎才女貌啊!"

"IT行业,就是信息技术行业。"小惠接过话茬,引起众人羡慕的眼光。

满船年轻女子,鲜活水灵。显然,她们被家乡的青山秀水所陶醉，个个神采奕奕，人人满面春风。

两条船沿靠沿帮贴帮，船上人嘻嘻哈哈唠得正欢，月兰突然想起什么，猴急道："两位嫂子，我们绕湖一周要三个多小时。不早了，失陪。明天我们还要起早去九华哩！"

桂莲抓着大船帮的手没有松开，看得出来有点依依不舍。这时候月兰笑嘻嘻道："改日去我们村玩吧！有事随时打我手机，号码是 1350565……你记好了哦！"她站起来拨动船桨。两条船上的人都互相招手告别，一迭声地"再见"。

桂莲看着大船拖着长长的水花向东驶去，把桨往船帮上一架，对芳子说："累了，不想动，你来划吧！"芳子见桂莲突然没了精神头，猜出她的心思，顺从地和桂莲换了个位置，挪到后艄舱，也无精打采，慢悠悠地划着双桨。

"看人家活得多自在，竟然从几个省把姐妹们招回来聚会，这是什么阵势？"坐在前舱口的桂莲冷不丁地冒出几句。

这几年，荷叶汀大多数人进城务工，桂莲和芳子两家守在村里，一个是养猪专业户，一年下来收入 5 万多；一个经营家庭农场，机耕 110 多亩水田，日子过得有滋有味。她们挣的钱除了盖房、孩子上学花费，就是存入银行，存款年年增加。可她们只知道每天起早摸黑干活，不懂消费，连芜湖、合肥都没有去过，更不用说乘高铁、坐飞机出门游山玩水了。芦塘村女人们别出心裁的活动，使她们茅塞顿开，一下子搅乱了这两位农村妇女的平静生活。

"你看她们穿的，多艳眼，还抹着红嘴唇哩！看我们俩，四十岁刚出头,穿得像老太婆。"

"桂莲,晚上与月兰联系,明天我们也搭帮去九华山旅游,怎样?"芳子动了心,首先提议。

"好哇!等什么晚上?我现在就给她打电话。她们不是要包车去吗?让她们给我们留个位置。"桂莲一下子来了精神,迅速从口袋里掏出手机……

"等等,"桂莲在兴奋中,芳子反而制止住桂莲打电话,"我说,桂莲姐,不能光我们玩呀,把我们那口子也捎上行吗?他们一年到头也挺辛苦的,就知道干活。"

"怎么不行?好主意。季节好,天气好,秧苗已插下去了,我们家的肥猪也出栏了,现在有空,开开心心玩两天。"

她们商定,如果和自己的丈夫一起去九华山,就不能和芦塘村的女人们掺和了,就得另租辆小面包车。

说到兴奋处,桂莲站起来冲着芳子说:"快,把桨递给我一只,两人划。"

小船快速向荷叶汀方向驶去。

风雪竹丝湖

西北风一个劲地刮,云层低垂,天像一口大锅扣在头顶上。近湖、远山乌蒙蒙的。到了下午,先是下起雪霰子,接着纷纷扬扬飘起了雪花——收音机天气预报今夜有大雪。

村里的年轻人大都出门打工去了,留守的多是些老人和孩子。雪天清闲,我约了几个老哥们来家里,准备唠唠闲话,高兴喝几杯暖暖身子。菜也没什么讲究,自家土产,咸鱼咸肉,蒜苗炒鸡蛋,再掐些油菜薹,支个缸瓦砂锅,这种火锅是我们当地的"老头乐"。

二楼的窗口,正对着竹丝湖。一张八仙桌临窗摆放,成公、莆公、余公来了,我们都是老爹辈的,老哥们之间平时都从名字中取一个字,外加一个"公"字相互称呼,这既简单又亲热。

成公的两个儿子在城里搞工程,儿媳和孙子在家里留守。前几年,兄弟俩挣的钱都盖了房,村口那两幢三层小楼紧挨着,典型的乡间别墅,是我们村的招牌,据说像这样的房在城里一幢就值千万。今年春节,他两个儿子回来把房子改造了一下,给每个房间增添了卫生间,置办了床铺和被褥,楼顶上还安了个"锅",房间里装上电视,说是要经营乡村旅馆。莆公的老伴去世了,儿女在城里当个小业主,生意做得红红火火。他刚过六十,身体健壮,村上把两口鱼塘承包给他看管。现在满塘的鱼就等春节开闸放水起捞。余公的儿子在黄龙桥山场经营一片杉树林,带着老婆孩子长年住在场里,隔三岔五回村看望老父老母。

桌上的三腿缸瓦灶烧的是松柴,陶砂锅里草菇、豆腐、虾仁、紫菜做的锅底汤在沸腾,我们四个银发老人各占一方,竹篮子里的嫩菜薹早已洗干净,放沸汤里打一滚就可以捞出来吃,鲜嫩爽口。

雪花静静扑打窗玻璃。远处枯瘦的湖面雾气沉沉,天地间一片银灰色,岸边的湿地和浅滩已经结冰,湖心水深的地方,野鸭和水鸟嬉闹觅食,聒噪声不时传来。

屋里热气腾腾,空气中散发着松节油的清香。几杯口子窖下肚,大家脸已泛红,都脱掉棉袄,话也多起来,说的无非是家长里短、电视里的新闻。就在大家酒话连篇时,余公兜里的手机响了,是儿子从山场打来的。儿子在电话里交代他把电暖器插上,别为省钱,当心感冒。老汉嘴上虽痛快地应和着,合上电话就嘀咕:"用电暖器?说得倒轻巧,一天就要二十多块钱电费。"

不一会我家的座机铃也响了,我一听是莆公女儿娟子从南京打来的，她说往家里打了几次电话没人接，就打到我家，问她爸在不在这里。我把话筒交给莆公，他喏喏几声就放下了。原来是娟子从天气预报中知道家乡有大雪，交代父亲下雪天不要查看鱼塘，以防路滑跌倒。孩子们的电话撩拨得我们心里热乎乎的，他们身居闹市，但心系着故土，惦念乡下的老爸老妈。

桌上的荤腥未怎么动，嫩菜薹倒下得快，我提着菜篮子又来到房后菜园里。

踏着嘎吱嘎吱的积雪，一点不觉得冷，倒有一股通体清凉的感觉。园埂上干枯的狗尾草，在风中低头哈腰地呜呜低鸣。园西边是一排密匝的桂竹，依然生气勃勃，苍翠盎然。北边园角有棵冬梅，突兀的干枝上是点点花骨朵含苞待放。菜园里积雪臃肥厚，分不清哪是地沟哪是菜畦，只得凭印象拨开积雪，待找到一畦油菜，掐着干净鲜嫩的菜薹，甩掉上面的雪拿回去就能下锅涮。

这几年，城镇化使农村常住人口数量不断下降，但我喜欢农村，难舍故土，那湖光山色，绿茵田园，四季分明，是我所爱。虽然住在城里，但我不时回故里小住，享受湖畔山野的宁静，翻腾往事，盘点生活，净化思绪。

我提着菜篮子刚进门，就听成公说他二儿子来电话了，说是明天要从芜湖带一帮游客过来，到竹丝湖畔山林湖滨来观景赏雪。可不，今天是周五，明天就是双休日。这是他们家庭旅馆第一次接待游客，成公显得既兴奋又紧张。他忙用手机通报两个儿媳，告诉她们这一情况，并交代把房间再检查一遍，床上要垫电热毯，房间里要准备好开水。宰两只肥鹅，现从菜园里摘些蔬菜，再到村小店进些酒水和下酒的卤菜。他还说，头一炮要打响，不为挣钱，也要给城里人留下个好印象。

突然而至的消息冲淡了我们喝酒的兴致，话题转到如何接待好客人，哥几个都为成公出谋划策。我们这样的湖滨小村远离城镇，头一回迎来那么多城里人，这哪是成公一家的事？简直就是全村的荣耀。我和余公、莆公都说："缺什么吱一声，大伙凑，人手不够我们来帮忙。"成公连连道谢："那是，那是。"大家又喝了几杯就散了。

天黑前风停了，雪反而下得更大了。

……

清早起来，雪停了。远山近水已是银装素裹，白净世界。几只小鸟在窗台上蹦跳叽喳觅食，我不忍打扰它们，起床的动作既轻又慢。

门前积雪已到腿肚子，明晃耀眼，空气格外清新。古人有"日暮苍山远"，而眼前却是"雪后丛林近"，竹丝湖南岸有一片竹园，竹子被雪压得东倒西歪，隔湖相望似乎就在跟前。

我找了双高勒胶靴，刚穿好准备到湖边踏雪看景，成公的二儿媳过来了，说她公爹请我过去一趟。我原以为他们缺什么，谁知成公要和我商量接待上怎么个吃住玩，让出出主意。我说:"这事你们家老二肯定策划好了,具体安排不要操心。"可成公还是沉不住气,怕不稳妥,毕竟是头一回嘛。

农家乐接待城里游客,无非就是一吃二住三玩。住是没问题的,我看了一遍,硬件条件不错,房间虽不如城里星级酒店,但干净整洁,床上全部是崭新的被褥,毛巾、拖鞋齐全,室内暖暖和和的,很实惠。吃的是时下提倡的绿色食品,有竹丝湖野生鱼虾、农家肥生长的蔬菜、家养的鸡鸭,还有冬笋、黄花、蕨菜之类的山货,很有特色。再就是玩,玩好才是真好,两天时间不能在屋里睡觉,要让这些城里人玩疯了才行。

正商量着,他家老二来电话,说人已上车准备出发了。我估摸从芜湖到我们村大概一百三十公里,雪天路滑跑不起来,估计午饭前才能到。

十一点左右,湖岸公路上由西向东出现了一辆大客车,在王村转了个弯掉头向北,稍时一辆"大金龙"就拐进村口场基上。车门开处,只见成公家老二先跳下来,接着下来的是游客,二十多个年轻人,红男绿女,站在雪地上非常耀眼,宁静的湖滨小村一下子热闹起来,说笑声、呼叫声,还有装腔作势的吟诗声。成公俩儿媳也出来迎接客人,今天她们换了扎围腰的新装,算是工作服,忙前忙后帮客人提行李,往楼上领,几个邻里媳妇也被安排在厨房里择菜掌勺。

现在的城里人,哪见过这么深、这么洁净的雪?午饭后就忍不住在雪地里打起雪仗。年轻人玩心重,先只几个人,慢慢多起来，最后都玩起雪来，有在雪地上摔跤的，有堆雪人的，有爱摄影的，提着个数码机子到处咔嚓咔嚓照相。原计划下午安排的活动被挤了，领队对老二说："由他们疯吧，反正都是个玩。"

新鲜甜润的空气，滋润着每个游客的肺腑。乡野广袤的雪景，横扫都市倦人的喧嚣。

晚上原本安排在雪地篝火，但刮起了西北风，老二怕客人受凉感冒，便改在楼底层地下室（半地下）炭炉烤串，二十多人围炉喝啤酒吃烤鱼。领队组织大家自娱自乐演节目，不时有人站出即兴跳个舞，唱段黄梅戏。

周日风停了，小雪仍然纷纷扬扬。成公家老二把客人分为两组，一组是雪地捕野兔，他自己领队。湖滩枯草丛中平时野兔很多，大雪覆盖沟壑，野兔在雪地里跑不快，很容易跟踪雪地上的脚印追上它们。另一组是冰湖垂钓。成公和一村民撑篙，带领客人划上两艘小船到湖湾里钓鱼，让这些城里人也尝尝古人"独钓寒江雪"的滋味。

大家提前吃早饭，七点就出发了。中午饭准备的是山芋粥、小笼包子，为节省时间，由老二媳妇担着保温桶送到湖边。游客们在雪地野餐，坐在雪地上一边吃着、喝着，一边赏着雪景，感受的是另一番滋味。有一对青年男女，可能是恋人，他们站到一边，肩并肩头挨头，吃着包子，喝着山芋粥，要求同伴给他们留个影，背景就是竹丝湖。

下午三点，两组游客都回来了，一个个红扑扑的脸蛋上绽放出欢愉的笑容。陆地组捕到三只野兔,水上组收获甚微,只钓到五斤多鲫鱼、白条鲹子。成公宣布,所有收获都由客人带走。临上车前,主人在收餐费后另向客人赠送一大桶胡椒热面汤,让其喝得热乎乎地上路。

雪不知什么时候又悄悄下起来了,竹丝湖笼罩在雪雾中。"大金龙"过了王村,很快消失在向西的公路上。

超市小顾客

每年清明，我都要回一次故里。

今年，应了"清明时节雨纷纷"，连日阴雨绵绵。节后，乡村简易公路被水冲毁后还没有修好，我只得再住两天。侄子绍武怕我一人闷得慌，把我接到他家里住几天。

绍武除种几亩圩田还开了一家超市，已经营多年，在我们这片地方算是有规模的了。前几年他盖了两层小楼，底层开超市，二楼是库房。楼房边另盖三间平房，作为厨房和堂屋。

我刚坐定，绍武便端上早泡好的明前茶。桌上整齐摆着几碟瓜子、糖姜和我们家乡特产的麻糖。隔壁厨房里，侄媳在准备早餐，蒸汽混合炒菜气味直往窗户外冒。

绍武一边忙着招待我，一边和我唠家常，从孩子上学到超市经营，我们叔侄很少有时间近距离在一起聊天。

现在才六点多，超市的大门还没有开。过了清明，生意就淡下来了。绍武说，他开超市主要是做节假日的生意，尤其是到了春节,外出打工的都回来了,年轻人挣得多花得也多,消费水平不亚于城里人。留守农村的大多是老人和小孩,消费水平不高。

我们正聊着,门前的台阶上出现一个小女孩,背着书包,扎着两根小辫。女孩穿得很整洁,是个低年级的小学生,这是今天的第一位顾客。紧接着,台阶下又传来吧嗒吧嗒的响声,我探头望去,是一个更小的男孩,脚上拖着一双明显过大的胶雨靴子,一歪一扭地往台阶上蹬,看样子他们是姐弟俩。

绍武从堂屋的侧门进入店堂,从里面把店门打开,放两个孩子进去。接着,他又回到堂屋和我拉呱,没有照管小顾客,任由他们自己选购。

不一会工夫,两个孩子一前一后从店门口出去了,女孩朝我们这边扬了扬手里的小食品,说了声:"阿叔,我们走了。"

绍武也朝他们挥挥手,交代道:"地上滑,慢点。"

我离乡多年,已是"乡音无改鬓毛衰""儿童相见不相识",这俩孩子是谁家的,我不清楚。绍武见问,告诉我,这是村北头老吴家的孙子。

"……老吴?噢,他可和我的岁数差不多啊!"

绍武说,老吴的儿子和儿媳都在上海打工,老两口在村里留守,看孙子辈,顺带种几亩田,日子过得不甚宽裕。看样子绍武似乎同情老吴一家。我突然发现他没有收孩子们的食品钱。在农村开店，顾客都是左邻右舍乡亲，有的还是房亲，哪能太认真呢？我便随口说道："你在村里开店一年的人情费也不少哇！"

绍武听了我的话怔了一下，不过马上明白过来，笑着说："如今市场经济，大家都规矩得很。比如，孩子们来买东西从不赊欠，都是现钱。"

"那……"

绍武站起来，领我从侧门进入店堂。

这是三间厅堂，除一块不大的空间，里面都布满了货架。东头两排高货架，摆放农资商品和日用百货，西头专门辟出一块，放低矮的货架，上面摆放的全是一些饼干、糖果、果冻、乳酸饮料之类的小食品和铅笔、本子之类的文具。我注意到，货架的入口处有一个塑料桶，里面盛有小面额的纸币和硬币。绍武走到塑料桶边，从里面拿出两张钞票说："这是刚才俩孩子放下的。"我看着他手里的两元钱和桶里的伍角硬币，心生疑惑，那——他们拿的是不是两元五角的食品呢？

绍武弯腰指指货架说："这边的食品都有价格标签，上过学的孩子都认识，他们按价付钱，一分不少，一件不多拿，规规矩矩。"接着他又笑道，"不像你们城里的超市，那么多售货员盯着，听说还有什么摄像头、保安，电视上还经常说有丢东西的。我这里从来没短过钱、也没少过货。"接着他把刚才孩子买的东西算了一下，两包饼干一块钱，两小瓶酸乳一块钱，两包辣条五毛，正好两元五角。

我突然对家乡的孩子肃然起敬："那你是怎么要求和教育的呢？"

"这就是家长的事了。反正孩子们都形成习惯，不会贪小便宜。比如，没有钱想吃东西，由大人来赊欠记账，但从不让孩子出面赊欠。孩子们只知道一个道理——没有钱不能拿东西。"

"如果要找零怎么办？"我还是觉得心有疑虑。

"也是他们自己往回找。不过面额大的钞票，桶里又没有零钱，孩子们就要喊我了。比如像二十元一张的。"

绍武说到我们村孩子的时候，不由自主地流露出一种自豪感。"别看这些孩子都是小学生，有的还是学龄前的幼童，到我超市买东西非常规矩。"说到这里，他有些内疚地低下头，"可是，有一次我差点冤枉了他们。"

那是一个阴雨的夜晚，绍武例行每日盘点。在盘到小食品货架时，发现小包装苏打饼干少两包。当天他投放60包，旁边桶里收到的钱不够数，少两包的钱。当时他想，孩子总归是孩子，不知哪个馋嘴猫少放了两包饼干钱。两包饼干一元钱，也就没当回事，不过心里隐隐约约有了戒心。那以后，孩子们来买吃的，取货、投币、找钱，他自觉不自觉地多留了些心，但一直没有发现什么。

到了年底，为改善小店的经营环境，他做了一批新货架。安装货架那天，在挪开旧架时，竟发现靠墙的角落里有两包饼干，拿起来一看，"香草牌"的，正是上次少的那批货，已经受潮不能食用了。他估摸，也许是孩子们在翻动饼干时掉下去的，悔恨自己当初不该辱没他们幼小的心灵。第二天，他准备一包大白兔奶糖，凡上门的孩子每人赠送几块。从此，绍武对小顾客光顾超市，从不防范。

"我信任这些孩子，用你们城里人的话说：素质高着哩！"

说到这里，绍武的话又变了味："他们也有难对付的时候。"

"啊？"我瞪着眼。

"那不是花他们手里的钱，而是花爷爷奶奶或父母的钱，这时候可就要赖了。吃的、玩的、学习用具尽往收银台上搬，然后逼大人掏钱，不买下就闹。"这倒很有意思！

今天是清明后的第一个晴天。太阳已一竿高了，上学的、学龄前的孩子陆续进店买东西，有同学结队的，也有哥弟俩和姐弟俩的。这些孩子手里都扬着钱，一进门都说一句"买东西"。然后径直朝低矮的货架走去，挑选需要的吃食或学习用具，没有招呼话。绍武没读多少书，他向我说："这些孩子平时在别的地方碰见我，大叔大伯的叫得欢着哩，可一到我超市就正经起来，即使我弟兄的两个孩子，来买东西也没亲热地叫我一声。"

我有些茫然，离家四十多年，竟对本家的孩子都陌生了。

一、湖光山色
——江山绮丽多娇,碧水秀峰永存。

二、往事如烟
——漫步往昔岁月,咀嚼蜜意无穷。

三、时光缱绻
——光阴荏苒东逝水,真情永远留心扉。

四、故土之恋
——乡愁魂牵梦绕,游子回肠九转。

乡情浓于酒

20世纪60年代末，我在陕西潼关当兵，任连队给养员。

一天，司务长对我说："团后勤处为支持我们连养猪，专门拨给两万斤猪饲料，连领导派你去提货。不过，供货地远了点——宝鸡。"随后递给我一个信封，里面装着介绍信和提货单，让我收拾一下尽快动身。

从潼关到宝鸡，等于横穿八百里秦川，我坐了一天一夜的火车，第二天中午到达宝鸡。下车后我找到市粮食局，按要求换了糠麸调拨单，就直奔东郊粮食加工储备库。那个年代，市内只有很少几路公共汽车，加之第一次去宝鸡，对道路不熟悉，我辗转两个多小时才找到东郊粮食加工储备库。

因为团后勤处已经支付过货款，仓库办公室很快给我开了提货单，让我直接去库房。我琢磨，得先看看货的包装，再联系火车皮托运事宜。

这是市粮食局储备总库，高墙深院里库房一排一排的，望不到头。我七弯八拐才找到提货库，有人告诉我，前面第三个大门是提饲料的。

到了门口,我向昏暗的仓库里张望,里面一层一层垛着麻袋,像小山似的,还有很多刚从生产车间里推出来没有装包的饲料。

我定了定神,看到离门不远的墙边有张三屉桌,一个三十多岁的男人坐在桌后,昏黄的灯光下,他正在聚精会神地一边拨拉算盘,一边往账本上记着什么。听到有人进来,他抬起头,见我是个解放军战士,客气地问道:"同志,有事吗?"我递上提货单,说明来意。听到我说话,他愣了一下,慢慢站起来看着我,顿了顿,吐出三个字:"安徽人?"我笑笑点点头。他接着又问:"无为的?"我有些吃惊:"你听出来了?"他立马来了精神,从桌子后面绕过来,一把抓住我的手:"真是无为的?"我说我是无为南乡牛埠的。他二话不说,转身麻利地把账本统统收进抽屉,拖过一把椅子,让我坐下。

那个年代各地都很封闭,在这遥远的大西北,见到安徽人,又是无为老乡,真让他有点意外。他能从简单的两句对话中听出我是同乡,可见乡音在他记忆里扎得有多深,他心里有着牢牢的解不开的情结。谈话中,他告诉我他姓季,叫季学良。十多年前,为响应国家号召支援大西北建设,举家迁到宝鸡。两口子都是无为县城人,一开始在宝鸡钢铁厂工作,后调到市粮食局做库房保管员,现在已有两个孩子。来西北这些年,因手头拮据,他只回过两次无为老家,平时与一起到大西北的同乡聚一聚。我问他习惯北方生活了吗，他说，孩子们都妥，家里的（老婆）也住惯了，只他自己总觉得这里没有老家好。

时近隆冬，白天日子短，过了五点天就暗下来了。粮库六点下班，老季说这个点没人来提货了，不容分说，要提前下班领我去他家。我惦念提饲料的事，他把我的提货单收下，让我放心。

老季锁了抽屉，跟另一个保管员招呼一声，推着自行车，领着我出了粮库。我们一面走一面聊，出了粮库大院，不知不觉到了一片家属区，在一排平房前停下来。

这是两居小室，没有厅，一进门就见床，北面向外多伸出一块做厨房——典型的北方职工宿舍。屋里生着火，暖融融的。外屋支张双人床，一对简易沙发，一张圆餐桌。房中间是个大铁炉子，上面坐着铁壶，壶嘴直往外突突冒气。里间盘着火炕，有两个孩子正趴在炕桌上写作业，大的是女囡子，十来岁，小的是男孩，可能刚上学。老季指着我告诉孩子们，这是从老家来的叔叔。孩子们怯生生地看着我，轻声问好，我听出他们话音里带有"老陕味"。

老季给我泡上茶，没喝几口，他老婆就回来了。听说我是无为同乡，她一连声说"稀客，稀客"，脱了棉袄，解下头巾。这是一位很秀气的江淮人，熟悉的身影一下子勾起我对家乡女性的好感。老季爱人忙不迭地要进厨房，老季问："做什么饭呀？"他老婆笑道："还有一斤多白面，包饺子吧!"老季瞪了她一眼:"饺子?那是北方人爱吃的。"不容分说,自作主张交代道,"炒菜吃米饭。"我忙说,简单点,吃什么都行。那年月在大西北的黄土高原吃顿白米饭实属稀罕。可老季说,他们供应的口粮百分之九十是粗粮,每人每月一斤大米。当地人爱吃白面,他就和别人换。他交代老婆,把老家寄来的咸鱼蒸两块,再炒两个菜,随之又叫道:"小惠。"里屋的女囡哎了一声。老季说:"去,给我买瓶酒。"我连声说不会喝酒,他也不理会,还补了一句,"要西凤酒啊!"

在等饭过程中,我们又拉了一阵家常,说的都是无为的事,一会小东门、米市大街、大江剧场啦,一会又无为板鸭啦,小庐剧啦……"这里的秦腔吼起来能吓死人,哪有我们无为的小倒戏(庐剧)好听呀!"老季如是说。

嫂子把菜端上来了,蒸干鱼、醋熘土豆丝、白菜炖豆腐。老季把俩孩子支到里屋吃,我们仨在外屋桌上吃。我是不会喝酒的,可老季两口子不依。

西凤酒香气很浓,我只能小口小口地呷。老季情绪很好,一口一杯,几杯下肚,加之屋里炉火很旺,他的脸红了,话也多了。嫂子在一边说:"大兄弟不喝,你也悠着点!"可老季哪里打得住?自斟自饮,一会工夫半瓶下去了,说:"好长时间没有这么高兴过,今天陪老弟喝点。"我也不便阻拦,勉强喝了一杯,就着咸鱼吃了两碗米饭。

我看老季喝了不少,又喝得猛,怕是多了,说话舌头发直，语无伦次，一口米饭没吃，似乎有些坐不住，便和嫂子把他扶到床上。

天全黑下来了，我准备走，太晚怕没公交车。老季听说我要走，连连说有地方住，他们一家可以睡在里间炕上，外间的床腾出来给我睡。我说，在清姜区有部队招待所，来时我已去那里做了登记。他瞪大眼睛："清姜？往西去，远着哩！"但我坚持要走，等他躺下有了鼾声，我就向嫂子告别了。

第二天上班时我赶到粮库。老季见到我，有点不好意思："昨晚上喝多了，你什么时候走的？也没送。"接着他对我说，"这头你不用管了，已通知粮库车队帮你把饲料运到车站货场，装运费都不用掏的。"他让我去宝鸡货运站办理验收托运手续就行了。我是人地两生，他真是帮我省了不少事。

5台加拖挂的汽车拉了两趟把糠麸全部送到货场，整个上午我都在填单子、扎标签办理托运，一切顺利。忙完后，我顺便买了晚上的归队车票，下午去向老季告别。

还是在那个库房里，我把办完托运手续的事告诉老季，同时要他把装卸运输的收费发票给我，好给粮库付费。他一听直摇头说："现在给解放军帮忙是拥军，我提出给你们运送饲料，我们主任二话没说就同意了，还收什么费？免了。"我看他们确实是真诚的，只得再三表示感谢。老季知道我买了晚上六点的车票，情绪马上低落下来。沉默半天，他突然说："你们部队还有其他无为人吧？有时间领过来玩玩。"我说，无为人倒是不少，只是部队不可能让……再说，从潼关到宝鸡一天一夜的火车。听了我的话，老季呆呆地站在那里，一脸的失落，一个劲地捻动手里的圆珠笔。最后他拉着我的手深情地说："兄弟，那你有时间出差到宝鸡一定来我这里。没有什么好招待的，只为说说家乡话。"我一个劲地说："一定，一定。"

在往外送我的时候，老季一直抓着我的手不放。我发现他的眼光在回避我，说话嗓子发哽。这时，又有人来提货，他不能再送了。在往我的小本子上留通讯地址时，他的手不住地抖动，滑了三次才写全。分手后，我站在一幢房子的拐角处一直目送他进了库房。

打那以后，我再没机会去宝鸡。开始我们互相通信，过了半年我去信就收不到季学良的回信了，不知道这位同乡后来发生了什么事。多年来，我一直在心里默默地遥祝这位无为同乡，盼望他们一家在大西北生活得平安快乐、幸福美满！

绚丽的春花

从铜陵乘车到南京下车,出了站我即去售票厅,购买从南京经北京转乘到内蒙古的车票。

售票厅所有窗口都开着,一排排的队伍,人头攒动。我刚排上队,后面就跟上来一位年轻妇女。她头上裹着一块头巾,棉袄敞开着,怀里抱着一个婴儿,靠脚边放着一个大行李包,一只手还提着一个布兜。她刚站稳,又跟上来一个两三岁的小女孩,看样子他们是一家子。我想,这又背又提的,还有两个孩子,大冬天的,够呛啊!

终于到了窗口。

"一张126次,内蒙古集宁站。"我一面递钱,一面向窗口里的售票员说。

"126次今天无座。"临时转车基本都无座,有什么办法?那也得走。

"解放军同志,您是去大同方向吗?"听到我与售票员的对话,后面那位妇女问。

"嗯,你……"

"我到大同站,知道集宁在大同前面。"

"哦,那我们是一路的。"好熟悉的乡音。

巧啦!既然是同乡,又是同路,我退到一边等她把车票买好,顺便搭把手帮她提上行李包向候车大厅走去。

从南京到大同,一千五百多公里,要在北京中转。一个女人,带着俩孩子,还有这么重的行李,真难为她了。

"你这是……"坐下后我们聊起来。

"去部队,看孩子他爸。"

是去部队探亲的,军人的妻子。

从谈话中我了解到,她是我的同乡,安徽无为人,叫李春花。她爱人是山西大同驻军的一位连长,比我早两年当兵。这位连长在洞库施工作业时,被洞顶震掉下来的石头砸成重伤,现在医院ICU病房,她接到电报即动身前往探视。他们是从无为经二坝过江到芜湖,这是去北京方向的路线,家里人把她送上芜湖到南京的火车。

"嫂子,那你也不能带这么多东西哇,还有两个孩子。"她爱人在我面前是老兵,又是同乡,我觉得应该叫她嫂子。

使我更感意外的是,春花上个月生过孩子,孩子满月的第二天就动身了。她怀里的婴儿,小脸红扑扑的,眼睛一直紧闭着,满月头还没剃哩!难怪她头上裹着块头巾。这阵子列车经常超员、晚点,一座难求啊!两天两夜的长途旅行,她能受得了吗?

"你不能带这么重的东西呀!"我掂量她几十斤重的提包,用埋怨的口气说。

"这些东西都是老家的土特产,咸鱼、芝麻糯米粉子,还有咸鸭蛋什么的,他爱吃。大同那里粗粮多,孩子吃不惯,带了些大米。"她又用爱怜的眼神看着怀里的孩子,"这个儿子他还没见过面,带去让他爸看看。"

"小姑娘可以留在家里让上人照管呀!"

"她都三岁了,只见过她爸一面。提起爸爸就说想。"接着春花动情地说,"他受的伤可能不轻,孩子去了对他也是个安慰。我们去看他,一家四口怎么能少一个呢?"

哦,她是这样想的,多体贴,多温馨……我有些茫然。

晚上八点,我们上了从南京开往北京的快车。

南京是始发站,无座号,随便上。我是探亲归队,好在没啥行李。上车时我帮春花提包,她负责两个孩子。

放好行李,她在过道上等着,我直接去找列车长。

"列车严重超员,预留的几个座位都安排了。只能问问前方有没有下车的。"看出来列车长很同情我们。

到了滁县(现在滁州),列车长找到我,说5号车厢有个客人到徐州下,让我们去那等。我高兴地告诉春花,她立马说:"走,咱们挪到5号车厢去。"

一个四十多岁的男子,见我们四个人,一个女人还抱着婴儿,到了蚌埠就把座位让出来了,嫂子千恩万谢。在一个两人座位上,她把小女孩放在里面,自己尽量往里挤,两人的座位三个人坐,她一个劲地对坐在过道边上的人说"对不起"。我告诉她:"你放心休息,我看着行李。"

到了夜间行车,乘客都昏昏欲睡。可嫂子一直在忙,大孩子一会要喝水,一会要吃东西,小孩子要喂奶、换尿布。我除了为他们打水,领小女孩上厕所,其他的事插不上手。夜深了,我也累了,坐在过道地板上迷糊起来。

人累了,时间过得也快,等我醒来,火车已过济南,已经是凌晨两点多了。我看他们三口,小女孩窝在临窗的座位角落里,嫂子站起来,抱着孩子晃悠,可能因为睡不好,孩子有点闹。她可是一直没有合眼皮呀!从无为经芜湖到南京的途中,一个产后刚出月子的女人带两个孩子,坐轮船过江,再乘火车,一天一夜的辛苦程度可想而知。

到了天津西,小女孩醒了,我给她端了一杯水,让她吃点饼干。还好,火车正点,八点多到了北京站,这一夜终于过去了,我长长地出了一口气。

下了车,我们径直进车站一层母婴候车室。

坐下来的第一件事,春花先打开婴儿的襁褓。一股不好闻的气味,孩子又尿又拉了,难怪哭闹。她收拾尿布,我去打了一杯开水,让她倒在布巾上给孩子擦洗。

孩子洗过,又吃饱了,被放在长条椅子上,靠着暖气管安静地睡着了,小姑娘也靠在一边。我帮春花把孩子的脏尿布捡起来准备扔进厕所的纸篓里。

"别扔掉。"

我不知所措地看着她。

"不能把婴儿的尿布扔在外面,我要带回去。"说完,她打开一个塑料袋子,把尿布包好放进去。我见里面快塞满了,看来这一路,孩子的尿布都没有扔。

"不用这么省,到时会有尿布的。"

她含蓄地一笑:"不是省的事。扔掉曾包裹我孩子的尿布,我总感到像扔掉我孩子身上的什么东西似的,心里有点难舍……带回去洗吧!"我琢磨她的话,她是因为疼爱还是某种痴迷?

她在看孩子的时候,我帮她买了一盘水饺,让她和大孩子吃。

改签车票还是无座。万般无奈下,我找到北京站铁路军代表室,拿出"军人通行证",说明途中遇上一位军人妻子去部队探望因公负伤的丈夫,带着两个孩子,坐了两天火车,请求解决两张座位票。军代表盯着我,我觉得他是在审视我,忙解释道:"别误会,确实不是我的家属。不信你去看看,就在母婴候车室。"他笑道:"不是我误会,是你误会了。"说后给了我两张有号码的小纸条。

火车下午七点发车去包头方向。已经中午了,我要去城里看望一个在卫戍区的战友。到了北京站,小女孩觉得什么都新鲜,我交代春花嫂子盯紧点,别让她跑丢了。

下午五点多，我回到北京站母婴候车室，给小女孩带了一个大面包、几个苹果。我抓紧时间帮他们买了晚饭，做上车前的准备。吃饭时，我对嫂子说，火车明天凌晨三点半钟到大同站，陈连长现在医院里，要不要给他单位发封电报，让连里派人去车站接一下。得到她的同意后，我在她俩吃饭时按照地址去车站对面的邮电局发报。

火车正点发车。上车后，我把座位让给他们母子仨。

过了八达岭，又进入夜间行车。春花把婴儿紧紧搂在怀里。隆冬的塞外高原，北风呼啸着扑打车窗，外面零下十几摄氏度。

我在两个车厢的接合部找个地方垫张报纸坐下，也顾不得人来人往，便迷迷糊糊地睡过去了。

哐的一声，我被惊醒，车停下来了。我站起来伸头往窗外一看，站台水泥竖的路牌上写着"张家口南站"，下车的人不少。

我回到车厢，却发现座位上只有小女孩一人睡着，不见嫂子，可能上厕所去了。过了一会还没见回来，能去哪呢？坐在一边的人见我找她，把手向前指指。

往前隔三排位置，我发现嫂子把婴儿放在一个两人座位上躺着，自己坐在一边。见我过来，她微笑着说："这儿没人坐，我把孩子放在这躺着睡会。"

是的，抱久了大人太累，孩子也不舒服。可这里怎么没人坐呢？这时，我注意到这里车窗玻璃破了，寒风直往里灌，车上的暖气都不显得有用。为了不使孩子吹着风，嫂子脱下外面棉衣盖在孩子身上。我马上对她说："这可不行。别人都不在这里坐，你带着孩子来这里，不要命啦？孩子受不了，你也受不了，会冻出病的。两个孩子可全靠你了。"她说："我没事，孩子几天都没好好地睡了，我想让他伸胳膊伸腿睡会儿。"

没办法，我果断地坐到窗边，用皮帽子堵住那个洞口，让嫂子照顾大孩子去。

到了天镇就是进了山西地界了，再有一个多小时就到大同。

这时候，我想起了一件事，发的电报如果陈连长单位没收到怎么办？凌晨是最冷的时候，下车要穿过地道先出站，再从车站广场进候车大厅，很长一段路，他们仨行吗？这是我的同乡，又是军人的妻子，我不能不管。我打定主意，如果没人来接站就陪同他们下车，把他们送进候车室。冬天京包线上候车室都有火炉或暖气，里面不会很冷。然后我再从车站给陈连长单位挂电话，直到来人把他们接走。大同停车十二分钟，赶不上这趟车再乘别的车回集宁。嫂子开始不同意，怕给我添麻烦，后来经我一再坚持，她没说的了。于是我们做了两手准备。

过了阳高，下一站就是大同了。我早早趴在窗口上。

列车进站后缓缓向前滑行,我发现站台上有两个军人穿着皮大衣,是进站接人的。春花嫂子也看见了,并认出那是陈连长单位的副连长和通信员,她去年来队探亲时见过。我心里一块石头算是落地了,赶紧抱上小女孩、提着行李,向车门口挪动。车停稳,我把他们送到站台上。我让通信员脱下大衣给嫂子裹住孩子,副连长也抱起小女孩,用大衣包着。

寒风呼啸。我上了车还看到春花嫂子在一个劲地向我挥手。

两个多月后,已是早春三月。

这天下午,我从集宁乘车来大同,在西门外一处部队大院门口,向哨兵打听临时来队家属住的地方。

我是头天接到春花嫂子给我的电话,她说陈连长已经出院了,现在连队休养,想让我来一趟大同见见面。我们单位的电话号码是我留给她的,当时嘱咐她有事联系我。

家属区都是一排一排平房,像整齐的步兵队列,陈连长住在哪排呢?房子都是一样的,我有些茫然。

正在这时,隐隐有一种悦耳的音乐传到我耳里,使我为之一震,多么熟悉的旋律啊!

哦,庐剧,这还用找吗?

庐剧是我们家乡的地方戏,旋律优美,清新朴实,委婉动听,表达的多是跌宕起伏的人生,深受人民群众喜爱。家里播放庐剧,一听就知道主人是来自庐剧之乡。

我循着乐声敲开一户的门，想不到开门的正是春花嫂子。她喜出望外，忘情地一把抓住我的手："大兄弟，快，进屋。刚才还在念叨你，怎么找到的?"

"是你家的庐剧把我引过来的。"我说。

"哦，哦……"她朗声笑着。

虽然到了春天，可屋里火墙还热着。陈连长躺在床上，头上还缠着纱布，但脸色红润，气色很好，看样子恢复得不错。他关掉收录机，挣扎着要坐起来。我忙上前制止，拖把椅子挨着床沿坐下。床里面躺着他的小儿子，小家伙睡得正香，脸呈粉红色。小姑娘见到我，不显生分，一直往我腿边蹭，"叔叔、叔叔"地叫。

嫂子忙前忙后，又拿烟又泡茶，外间的灶上正在突突地煮着什么。陈连长开口就是感谢我一路上对春花母子的关照，说什么没有我的帮忙春花和孩子怎么怎么的。我说，遇到谁都会搭把手的。我称赞道："嫂子很能干，刚出月子就带孩子来看你，还带了那么多东西，中途又转几次车，找个座位都困难，轮上谁都发怵。"陈连长说："她能吃苦，受得了累。"

接着，他讲了自己受伤的过程："部队常年施工作业，去年我们连施工的地段岩层不好，连里几个干部轮流带班作业，结果我在鬼门关转了一圈，住院后整整昏迷五天。"他指指外间，"她也是做最坏的打算，把两个孩子都带来了……"说到这里，陈连长眼睛发红，嗓子发涩，"出院后，在连队休养，她又精心照顾。"

"陈连长，都过去了，说些高兴的事吧！"见他动情，我安慰说。

"是，都过去了。听春花说你是边防团的，做什么工作？"

"哎，小干事。哪像你们连队主官，手下百十号人，威风八面。"

"兄弟，连队是部队的基层，成天和战士们摸爬滚打在一起，说实话，一天到晚脑子都不能开小差，不似你们坐机关的。我从军校毕业分配到工程部队，常年钻山打洞。家里有了她，我才可以一门心思在工作上。都两年没有休探亲假了，父母都是指望她照顾。"

"这就是我们家乡的女人，为了让男人把心思放在工作上，再大的困难自己都能顶住，多好的后盾啊！"我深感这对夫妇的鹣鲽之情。

陈连长赞同地点点头："作为军人，不但要有稳定的后院，还要后院无忧。"陈连长还告诉我，这回电报是副连长发的，他不知道嫂子刚生过孩子，当时看到陈连长昏迷不醒可能脑子也乱了，发出去后才觉后悔。

"饭好了，你俩一面吃一面聊吧。"嫂子从外间进来说。

这顿晚饭吃得很香，特别是几样老家菜做得好。饭后，我对陈连长说，一会我还要回去，赶七点开往呼和浩特那趟车。

"行，不留你。作为同乡、兄弟，认识了，以后有机会常来。"

六点钟，我告别陈连长。春花嫂子把我送到营房门口，临别时往我手中塞了两盘磁带："庐剧，千里之外听听乡音，想想家乡那片土地，心情是不一样的。"

是呀，"不一样的心情"是镇守边关不可或缺的。

看着嫂子转回去的身影，我猛然冒出一个莫名的思绪：她，江淮沃土生长的绚丽的春花，犹如庐剧之美。

菜贩子发家记

那一年，我接到远房哥哥的一个电话，说他小儿子在家无所事事，让我在外面给找个工作。

在北京西客站，我接到背蛇皮袋的宝根。他十八九岁，一米七的个头，身体健壮，文化水平不高，初中还没毕业，也没啥专长。最后在朋友的帮助下，他被安排在一个单位的汽车队洗车，工资虽然不高，但还算稳定，将就着。

那年年底，宝根回老家过年，回来时将他的对象带来。让我始料不及的是，他在年前就辞掉了洗车工作，回来要重新找。这回他主动说自己去联系，不用我管，第二天就自个背着包出门了。

宝根一连几天没露面，把他对象小月急得团团转。到第七天宝根回来了，对我说租了个卖菜的摊子，要和小月去颐和园附近的农贸市场卖菜，住的地方也找好了。临走时他向我借了八百块钱，说要买辆平板三轮车。这当然没说的。

宝根走后来过几次电话，总的意思是很快适应了干这行，卖菜比洗车强，能管住两人的开销，还有点节余。但我仍不放心，两个孩子来到我身边，有什么困难我要顶着。

一个星期天的上午，我转了三次公交车来到他们卖菜的市场，在熙熙攘攘的人群中，找到宝根的菜摊子。摊前只小月一人在张罗，宝根躺在不远处的板车上睡大觉，第一眼给我的印象是一脸的倦态，身心疲惫。

"叔，到家里去坐吧！"见了我，他翻身坐起来。

这里是城市边缘，他们住的是农民临时搭建的出租房，不到八平方米，做饭在过道里。宝根点上煤油炉，给我烧水泡茶，按老家的习俗，还打了两个荷包蛋。闲聊中他告诉我，贩菜能挣钱，就是太辛苦。每天凌晨三点起床去四季青拉菜，六点之前就要赶到菜市场。上午卖菜，下午休息。冬天要去丰台塑料大棚批发蔬菜，必须起得更早。五六百斤拉回来，帽子、眉毛上都是霜，人都累成一摊泥，还得抓紧时间卖，两人忙得放屁的工夫都没有，第一个月他掉了十二斤肉，小月的脸上、手上都有了冻疮。我说："拉回的菜卖不完怎么办？""过了十二点就要降价，再卖不出去，只好自己留着吃。"他说批发蔬菜也有窍门，新上市的菜和紧俏蔬菜比较好卖，但不容易批发到，为此他动了不少脑筋。当时，北京的温室大棚还是集体的，只要私下里给卖菜的农民几包烟或两瓶酒，就会得到关照，不仅能批到抢手菜，数量上也会放点秤。他小心翼翼地尝试过几次，果然有效，时鲜菜不仅卖得快，赚得也多。宝根笑道："我准备再开一处摊子，和小月一人守一处。"我说好是好,就是悠着点,别把身体累坏了。

那年中秋节,宝根提着月饼来看我,顺便还钱。我让他先用着,不急。他说手头宽裕了,因为又揽到一份送菜的活。眼下只小月一人盯摊,他看的摊子转租出去了,每月还可挣三百元。嘿,学会当二东家了。

能争取到给单位送菜是宝根贩菜营生的转折点。

有一天,一个中年男子到宝根摊前买鲜藕,挑了两节过秤、付钱,说先放这儿,要去别处办点事再回来取。可一直到宝根收摊时那人也没出现。

一连三天过去了。

第四天,中年男子到宝根摊前,他说那天办完事后把买的藕忘了,今天又来买菜才想起来。宝根从摊下拿出塑料袋,里面的藕已经发黑不新鲜了,他立即从当天的藕筐里挑了两节差不多大的,将原来的藕换下来。中年男子要付钱,宝根说:"我已经收你一次钱了,藕在我这里变质不能算你的。"

钱虽不多,话说得却很受听,中年男子听了心里热乎乎的。打那以后他经常光顾宝根的摊子。

就在那年腊月的一天,中年男子急匆匆地到宝根摊前,说单位过节会餐,要买些基围虾,让宝根给想想办法。当年渤海沿岸出现赤藻,养殖虾大量减产,又值春节前,市面上基围虾是稀缺货。但是宝根满口答应下来。当天晚上,他和小月动用了所有关系，联系水产摊主，又是打电话，又是上门求助，最后凑足 20 斤活虾，第二天按收购价卖给中年男子，没有修改他们单位会餐食谱。两口子忙了半天没挣到钱，还搭上人情。这件事给中年男子留下很深的印象。两人从相识到相知，从相知逐步到相信。

一天，中年男子与宝根聊天，说自己姓陈，是机关食堂管理员，经常采购粮油蔬菜和副食，往后在保证质量和价格同等的条件下可以考虑合作。

陈先生单位是科研院校，三个大食堂，上千人吃饭，宝根只能送很少一部分蔬菜。尽管这样，由于是预订直供，不愁卖不出去，损耗少了，省事多了，只要有差价就能挣钱。小月的零售摊子照常开着，两头挣，赚得也多了。这年底，他和小月有了一个男孩。

陈先生人很正派，自己偶尔来为自己家里买菜都是按价付钱，不少一分。一天中午，他急急到宝根摊前买了几样菜，无意中道出家里老父亲病了，要回石家庄老家看看。

一个星期后，陈先生又到菜市场，见到宝根生气地责怪："你小子干什么呀？再这样以后不用你送菜了。"说完，将三百元钱甩到摊子上。原来那天他回到家里打开塑料袋，发现菜里裹着三百块钱。

宝根笑笑说："我可没别的意思。认识你这么长时间，你父亲病了，作为晚辈不能前往看望，买几斤水果也是应该的吧！"陈先生钱虽然没收，心里却热乎乎的。

陈先生单位请客招待活动多，一些临时急需的食材经常找宝根帮忙。他发现从宝根那里进的同等食品比其他供货商价格要低百分之五左右，且质量也不错，大厨们也满意，甚至要求更换原来的供货商。就这样，陈先生将海鲜水产转给宝根做。海鲜附加值高，利润也丰厚。一次陈先生单位节日会餐，宝根那天送鱼虾水产就赚了八千块。

1998年，宝根回家把一包钞票丢给老大，让他在祖传老屋基场上盖幢三层小楼。他出手大方，把老大和大嫂帮忙的工钱都按泥瓦匠的工资标准付了。同时，宝根还气粗地向老大许诺，只要把小楼盖好，侄子上大学的钱他包了。

自从定时定点给陈先生单位送货，宝根清闲多了，无事也到周边农贸市场和商场超市转转。他发现做服装生意很赚钱，于是先租了处露天服装摊，搂草打兔子，兼营服装。想不到开张当月，扣除场地租金和其他费用，净赚三千。他脑子一下活泛起来，晚上和小月商量，要转变经营方向，把资金集中到服装生意上来。

当年9月，宝根雇了两个打工妹，与"波司登"供货商签订销售1000件羽绒服的合同，约定卖不出去允许全额退货。那年冬天特别冷，到12月底，1000件羽绒服售罄，仅这一单就赚了二十多万。宝根对我说，冬季服装利润百分之五十，有的达到百分之一百、二百。他没那么贪，卖得比别人的价格都低，图的是销得快，周转快。

这个时候，宝根在生意场上游刃有余，已经不再是当年的菜贩子了,赚钱的方式也悄悄发生了变化。2002年,他告别卖菜和水产生意,不再是一身泥水一身腥,一门心思搞服装,把摊子开到超市,雇的人也多了,自己负责管理,小月专司家务。一年后,他的服装摊发展到三处,自己负责进货和协调各方面关系,不再亲自操刀,业务全部交给各摊点主管。由于进货和联系业务的需要,他配了手机,考了驾照,买了汽车,穿西装打领带,十足的老板派头。商场把这个文化水平不高的农家子弟熏陶得有模有样。

有一次,宝根开车把我接去,先领到各个摊点转,介绍他的经营思路。转了一圈,他把车停到一处豪华大酒店门前。

在包间里,他点了几道精致的粤菜,要了一瓶洋酒。我责怪他有些铺张,可他说:"我们也是人,怎么就不能偶尔消费一次呢?"那天他喝了不少洋酒,连车也不能开了,饭后一个电话,来了辆出租车,把我送回家。临上车,他硬往我手里塞一个礼品盒:"我知道叔喜欢老家的黄山猴魁,清明开车回去专程去黄山太平搞的。"

2008年,宝根正式进军大型商场,长安、翠微、双安都有他的服装专柜,服装的档次和品牌的知名度也随之提高。进货有专门的雇员,他自己每天上午开着车到各摊点转,了解市场,研究销售策略;下午查查银行卡上的进项,核对当天的销售收入;晚上饭余酒后,找一帮无为老乡聊聊天,玩玩斗地主,他说不图赢钱,只是逗乐。

前不久,宝根来看我,他婶娘炒了几个菜,让我们叔侄慢慢小酌。席间，他回忆来京二十多年，酸甜苦辣都尝过，和无为那些有作为的大款比，自己不算什么，比如大兴那个做保龄球的、通州那个搞拆迁的、昌平那个开酒店的。但现在自己也算是"小康"了，年收入近五十万。

他眯着醉眼看着我俏皮地说："叔，在北京混了这么长时间，我就觉得做生意太精了实际上是傻。买卖上吃点亏，市场不会把你当傻子。"

我看他是喝多了，说的是酒话。

山　　娃

这是三十多年前的事。

那年隆冬的一个中午，天空灰蒙蒙的，飘着雪花。我在潼关县城里办完事就向车站赶，准备乘下午的火车回单位。那年头，火车没个准点。

时间还早，先填填肚子。

在一处挂着"车站饭店"牌子的门前，我撩起破旧的棉门帘。

餐厅里静静的，没有客人，几张旧方桌东倒西歪，桌周围是那种简陋的、围着四方的、不易挪动的连体长条板凳。厅中间有个煤炉子，火还算旺。我选了个靠近炉子的位子，摘下棉帽，先凑过去暖暖手，待全身有了暖意，我开始琢磨吃什么。

餐厅的右角有个柜台，柜台上放着一个不大的镶玻璃的木橱，里面摆着几样切好的熟食。到这时候，我才发现木橱后面还有个二十多岁的姑娘。见有客人进来，她不大情愿地放下手里的毛线活,远远地冲我喊道:"吃点啥?"我透过玻璃瞅瞅橱里摆放的,反问道:"主食有什么?"她掉过头指指后墙上:"上面写着哩!"我顺着她指点的方向看去,在红绿标语口号下面还贴着一张白纸,上面写着"今日供应有馍、发面饼、韭菜馅饺子"。三样主食,菜呢?大概就是玻璃橱里那些乌黑的熟食了。没有其他选择,我说:"来四两饺子吧。"姑娘头也不回地进操作间去了。

不大工夫,这名唯一的服务员端上来一盘水饺,还在我面前放上一个小碟子,并顺手从邻桌拿过小醋壶。完成了服务任务,她就又回到柜台后面继续做她的毛线活。我径自从柜台上的一个竹箩里取双筷子。忙了一上午,又冷又饿,几个饺子下肚,还不知道什么味呢!

正在这时,门帘被掀起,进来一个汉子。汉子看上去四十岁上下,身后背着山里人背东西用的背架,背架上盘着几圈绳子。在汉子进门的同时,紧跟着又钻进来一个七八岁的小男孩。这两人进门后几乎同时摘下旧棉帽拍打身上的雪花——外面的雪下大了。我注意到孩子个不高,敦实,圆头大脑,蓬乱的短发,稚嫩的脸蛋被风吹得红通通的。一身短小的旧棉衣,棉袄的袖口有几处露出花子,没有外罩。棉裤的管口吊得高高的,显然当初不是为他做的,露出一截腿拐。进门后,他瞪着乌亮的眼珠子好奇地东张西望。

汉子把身上的背架卸下靠在墙角,他没有马上入座,而是拉着孩子径直走向柜台。服务员再次放下手里的活,站起来,不冷不热的,还是那句话:"吃点啥?"并介绍了几样吃食。汉子没有回答,把脑袋靠近玻璃橱,左右端详,我看到汉子在小声征求孩子的意见。孩子踮起脚,凝视着玻璃橱,最后用手在玻璃上轻轻点了一下。汉子这才对服务员说:"两个饼子,一盘猪头肉。"

"要汤不?"

"不啦!"

"一共六毛。"

汉子伸进衣兜里的手停了下来,问道:"这是啥价?"服务员不屑地说:"发面饼五分钱一个,猪头肉五毛钱一盘。"汉子一听犹豫起来,顿一会,又指指靠里面的盘子:"那是啥肉?"姑娘显然有些不耐烦了,声音也大起来:"那是羊杂,便宜,三毛五一盘。"汉子还是下不了决心,那只手还在衣兜里。最后他弯下身子,又和孩子说着什么。只见孩子听话地点了一下头,汉子这才把攥钱的手从衣兜里抽出来:"就羊杂吧!"

一盘羊杂、两个发面饼端上来了,他们坐的地方和我坐的餐桌紧挨着。汉子取回筷子坐下,递一双给孩子。孩子没有坐,把帽子往桌上一扔,动作迅速地上了板凳,两腿跪上去,左手抓起一块饼子先咬了一口,右手拿筷子急不可待地搛起一块羊杂往嘴里送,没等咽下去,第二筷子又搛起来,撑得腮帮子鼓鼓的。汉子没有动筷子,也没有吃发面饼,只见他不急不慢地从腰上解下一个小布袋放到桌上,打开袋口,从里面倒出三块冻得硬邦邦的玉米面饼子。身边就有炉火，他没有烤烤，拿起一块就啃。饼碎屑直往下掉，他伸出一只大手在下巴下接着，又倒进嘴里。

这无疑是父子俩。为了省一毛五分钱，他们放弃了猪头肉，而点了羊杂。我看到那盘羊杂，不是什么正经肉，乌黑干硬的，虽然切碎了嚼起来似乎仍很费劲，可孩子吃得特别香。跪在板凳上的腿似乎有些别扭，孩子几次想把脚踏上去，可又觉得不妥，最终还是跪着吃。

汉子吃着玉米面饼子，偶尔也把筷子伸进羊杂盘，但只夹些碎肉星子放在嘴里。孩子吃得很快，没有注意他大（爸）。盘子里的羊杂已经不多了，他才吃了一块饼子，第二块饼子只咬一小口。汉子的眼睛一直没离开孩子的吃饭动作，我不知道是因为疼爱还是内疚，只听他小声亲昵地连声说："娃，快吃饼，快吃饼，还有好多路要走哩！"孩子虽然点头应着，可撅羊杂的筷子一直没有停下来。等到汉子的三块玉米面饼吃完了，孩子的第二块发面饼还没吃到一半。也许是屋里温度高，孩子已满头大汗，他索性把棉袄前的三颗扣子解开，露出里面自家做的已经发黑的土布小褂。

吃完玉米面饼子，汉子向服务员要来一只大海碗，从炉子上的铁壶里倒了一碗开水。见父亲不吃了，孩子麻利地把盘子拉到自己跟前，用半块饼将碎肉末子刮到一起，端起盘子统统扒拉进嘴里，大嚼一阵，又捧起汉子递过来的开水碗，咕咚咕咚几大口，抬起衣袖左右蹭蹭嘴，把吃剩下的半块饼子往棉衣兜里一塞，这才从板凳上滑下来。

从父子俩一身的打扮和带的柴火架，我知道他们是南边山里来的。冬天经常有山民背柴火下山到城里来卖，换点油盐。他们离城很远，天不亮就得动身，来回就是一整天。

这时我听到他们父子的对话：

"山娃，要翻山哩，把鞋襻子扎紧。"

"大，不走来的道？"

"柴卖了，身子轻，翻山抄近道回。"

孩子嗯了一声。

一顿饭就这样结束了。看得出来他们是要急着赶路。汉子解下背架上的绳子拴在腰上，扎紧棉衣，重新整理脚上"踢倒山"的鞋带。收拾好自己，他又帮孩子戴正帽子，放下棉耳焐，扣好棉袄。这时，孩子忽然想起什么，从棉袄口袋里掏出两本崭新的小人书，迅速将已经扣好的棉衣重新解开，小心翼翼地把书放到里层小褂口袋里，觉得妥当后，这才重新扣好外面的棉袄扣子。门帘掀起，一阵冷风裹着雪花卷进来，孩子不由自主地向后退了一步，见汉子已经出去了，马上紧跟在后面。

雪下得大了，天地间灰蒙蒙的。虽然是午后，但路上的行人很少。前方不远处有一条土路，是通向秦岭深处的。不一会，这对父子就消失在山的怀抱中。

远处的山峦被风雪笼罩，奇峰峻岭失去了它们应有的雄姿，但风雪终究遮不住秦岭的巍峨。

牧羊人的婆姨和她的狗

已经过了腊月二十三。

团后勤处军需股李助理员给我打电话,说春节快到了,为改善部队伙食,后勤处领导批准我们连直接从当地老乡手里买些羊屠宰,同时也帮其他连队代购些。因为我们连驻地是山区,所以周边生产队都养羊。

上级有指示,我即安排给养员陈正东去办。

事情很快有了着落。给养员陈正东在二十里外的薛家坳,从生产队的羊群中挑选了三十只,商定每只十五块钱。我向李助理员作了汇报,他二话没说,交代我们抓紧时间把羊赶回来屠宰,羊肉一定要在大年三十前分发到兄弟连队。

那天中午,陈正东骑着自行车回来,他说买羊的钱已与村里会计结算了,今天就能把羊赶过来。由于牧羊人突然有别的事出门了,由他婆姨(老婆)负责把羊赶下山,可能下午才能到我们连。

从早晨开始,天一直阴沉沉的。下午,刮起了西北风,气温急剧下降。这里是雁门关以北的雁北高原，天寒地冻，我担心一个女人赶着一群羊，要走几十里山路，会出什么事，便吩咐营门口执勤的哨兵注意山口方向。

四点多钟，哨兵打电话报告，有个女人赶着一群羊过来了，身边还跟着一条狗。我心中一块石头落了地，随即让陈正东去接应。

放羊人的婆姨叫二妮，三十多岁。陈正东帮她把羊拢到营房后院，圈进事先准备好的围栏里，双方清点交接完后，二妮在离开时把围栏荆条门扣上。大冷天的，走了这么远的路，还是早上吃的饭，我们没有让二妮马上离开，而是把她领到连队食堂里，让炊事班做碗热汤面。

外面的西北风一阵紧似一阵，天上已经飘起了雪花。等二妮吃完，天已黑下来了。为安全起见，我请示连长派车送她一段路程，到车上不了山路时，再让她下来走回去，这样可以节省一个多小时。当时连队没有其他车辆，只得用火炮索引车。

二妮走后，我即安排宰羊的事……

第二天刚收早操，陈正东风风火火跑到我的办公室，说："事务长，遇到麻烦了。"

原来早上一起床，他请求副连长从勤杂班派几名山西籍战士帮忙宰羊（他们在老家都宰过羊）。一群人提刀端盆兴冲冲地来到围栏前，却发现栏门口一条狗静静地卧在那里。见到生人近前，狗霍地跳起来，冲着战士们龇牙咧嘴，发出低沉的怒吼，不让人靠近。陈正东和同志们被弄蒙了，急忙找来棍子试图把它驱赶开。可是这狗不躲不让，竟然不顾一切地往人跟前扑，死死守住围栏门不离开。战士们前后驱赶，折腾大半天也没能靠近围栏门。陈正东来的时候，人与狗的对峙还在继续。

听了小陈的话，我这才想起昨天跟随羊群一起来的还有牧羊人家的狗。那是一条牧羊犬，个大体壮，毛色油亮，背上的毛乌黑，肚子和腿上的是黄色，坐在地上的时候两耳直直竖立，甚是威严。当时，我们把二妮让到食堂吃面时，狗却没离开，一直留守在围栏门口。二妮吃过饭是从连队前院乘的车，为赶时间走得也急，可能忘了还有狗这一茬，将狗落下了。

我跟随陈正东来到营房后院，远远看到那条狗蜷缩着身子卧在围栏门口。几个战士手里拿着木棍向我靠拢来，诉说这狗好生厉害，不好对付，你打它，它不躲，反而往你身上蹿，怪吓人的。但是，你走开了它也不追，就是守着羊圈栏不离，战士们被弄得无计可施……有人已经从伙房找来捅火的长铁扦子，准备好好教训教训它。还有人生气地说，取枪来崩了算了，大不了赔些钱，还可以让同志们吃顿狗肉。听到嚷嚷声，狗站起来，竖起两只耳朵，虎视眈眈。看样子这一夜它是寸步没有离开羊圈栏门，像个卫士牢牢地把守着。在这高寒地区，隆冬腊月风雪交加之夜，气温零下二十多摄氏度，滴水成冰，它是怎么熬过来的？圈栏前有一块没有雪，那是它昨晚卧过的地方。眼前的阵势，不仅使我没有崩了它的想法，反而让我对这条牧羊犬肃然起敬——真是个尽职的卫士。于是，我让陈正东去食堂拿俩馒头来。等馒头拿来了，我们远远地扔过去，那狗只是看了一眼并没有去吃。它可是昨天早上来时吃的东西啊！已经一天一夜了，又冻了一个晚上，对于我们这些陌生人，竟然软硬不吃，一心只守着主人的羊群。我看到它站在雪地上，尽管身子在寒风中有些微微发抖，肚子也饿瘪下去了，但两只眼睛仍然炯炯有神，精神不衰，雄姿不减。我被它征服了。

我立即制止同志们来硬的，以免伤害它。

回到连部，我请求连长批准再动用一次牵引车，去把牧羊人的婆姨接来。

两个小时后，二妮来了。在营房后院，狗远远地迎上去，围着二妮欢快地摇动尾巴转了一圈又一圈。

"羊都卖给解放军了，咋还不让宰呢？"二妮喃喃说着，疼爱地在狗头上轻轻打了一巴掌。

狗看着女主人亲手打开圈栏门，温驯地站在她身边注目战士们走进去。

二妮不好意思地向我们道歉。她说："我们山区人没坐过汽车，昨天是第一次，很激动。到家才想起狗，但已晚了。今天上午我男人才能从镇上回来，我准备让他回来后把狗领回去，想不到耽误同志们的事了。"

先前扔给狗的馒头早冻得硬邦邦的，我让同志们从伙房换了两个交给二妮。二妮接过馒头扔到它的脚边，狗三口两口就吃掉了。

狗被领走了。我们一直目送它跟在二妮后面消失在山背后。

一、湖光山色
——江山绮丽多娇,碧水秀峰永存。

二、往事如烟
——漫步往昔岁月,咀嚼蜜意无穷。

三、时光缱绻
——光阴荏苒东逝水,真情永远留心扉。

四、故土之恋
——乡愁魂牵梦绕,游子回肠九转。

进城赶考

1957 年我高小毕业。

从 6 月份开始，卞校长就和班主任王老师商量我们高小毕业班进城考试的事。那个年代，小学升初中要到无为县城里参加统考。我们班 32 名同学，有 8 名由于种种原因不再升初中了，参加考试的只有 24 名同学，其中 4 名女同学。

7 月上旬的一天晚上，我们赴县城参加考试的同学按照通知要求到学校集合。这是个美好的夏日夜晚，白天的炎热在悄悄退去，天上没有一丝云彩，月朗星稀。我们都排队集中在操场上，有的背着书包，有的只提个小布兜，里面是一些吃食或衣衫之类。同学们一个个交头接耳，轻声细语。

对大部分同学来说，这是有生以来第一次出远门，愉悦之情溢于言表。不一会，卞校长和王老师来到队伍前。王老师先清点人数，检查大家带的钢笔之类的文具，接着是校长给我们讲话。

从我们临湖小学到遥远的县城，一百多里啊！对我们这些只有十二三岁的孩子来说谈何容易。校长摆了三条路线：一条是乘渡船到牛埠，上岸后往北进圩区，顺王家团、湖龙、襄安大道步行，大热天的在圩田埂上走，起码要两天时间。第二条是步行到土桥，搭长航小轮到刘家渡，再乘小船到凤凰颈，上岸后步行到县城。这条道虽然有一段乘轮船快捷，但候船、绕道要耽误时间，也要两天。现在正值炎夏酷暑，白天夏日炎炎，稻禾田埂上像蒸笼一般热，人很容易中暑。最后，确定选择第三条线路——避开白天的酷暑，晚上走，从昆山街，经金墩圩到西河，乘庐江过来的内河小轮。我和同学们当然没的说，听校长和老师的安排。

　　队伍出发了，前面是王老师领路，卞校长断后，同学们夹在中间。

　　晚上确实凉快多了，田埂两边早稻已经割了，中稻正在扬花，晚稻分蘖拔节。远处水鸟在稻禾田里一个劲地咕咚咕咚。队伍走得很快，大家的布鞋和裤腿都被露水打湿了。大约十点钟，到了昆山街。因为走得有些急，同学们出了一身汗，有些累了，但王老师说不能休息，因为后面的路程还很长哩！

　　出了昆山街我们往汪田方向走去。这段路是丘陵山地，道也很窄，只有王老师拿一把手电筒在队伍的前面开路。对于我们这些农村孩子来说，走夜路是不在话下的，大家都不甘落后。有个女同学在跨沟壑时摔了一跤，手被石子硌出血，她爬起来拍拍身上的土，连顿都没打就继续走。又走了很长一段，上了一道圩埂，王老师说，金墩圩到了，大家就地坐下休息一会吧！

月亮已经偏西，大约半夜了，我们坐在圩埂头上。

圩内是水稻田，雾蒙蒙的一片，一眼望不到边。圩外是一条小河，河水静静地流淌。圩埂脚下是一座村庄，长长的一溜草屋，黑压压地向北伸延，时而有婴儿的哭声从村里传来。有人从衣袋里掏出锅巴或炒米嚼起来。有个同学渴了，走到圩埂下的稻田边，用手捧水喝。我看到有几个同学坐下后就地躺倒在草地上。卞校长和王老师也累了，但他们掩饰着疲劳，还在一直鼓励我们，让大家坚持赶路。

圩埂是圩区的制高点，一路上都有人家。村民们为了乘凉，有的一家人在门外搭个简易凉棚，架上门板，扯起夏布蚊帐；也有的干脆把竹床搬到圩埂头上，顶着满天星星睡觉。当发现这支孩子的队伍从身边路过时，他们都用惊异的眼光瞧着我们。

哎哟！走不完的圩埂，走不完的村子……

月亮已经躲到西山后面去了。不知前面还有多少路，大家默默地走着，谁也不说话，行进速度不知不觉慢了下来。这时我们见路边有一块打稻场，上面铺着一层稻禾，看样子傍晚刚打过场，脱粒后的稻草还没来得及收拢起来。王老师和卞校长交换意见后，让大家休息一会。同学们立马就地坐下，也顾不得稻草已给露水打湿。看场的老伯听到动静，从场棚里过来查看究竟,当知道我们是进城赶考的学生时,立即招呼我们进场棚休息,连连说:"孩子们,湿稻草上不能躺,伤人。"可没有一人动弹。王老师说:"难为你老了,我们坐一会马上就赶路。"

前方目的地是西河镇码头,王老师告诉我们还有二十多里,必须在早上八点之前赶到,才能不误内河的轮船。现在三点多了,还有四个小时,如果速度慢下来,就紧张了!他和校长把大家一个一个地拉起来,一面哄着一面鼓励。我们的身子软得像一摊泥,两腿也不听使唤,眼皮睁不开,提不起精神。不远处,村里的公鸡叫了,好在早晨凉爽,我们在老师的催促下依依不舍地离开舒服的稻场,又赶路了。

现在回想起王老师曾向我们交代过:出发那天白天在家好好把觉睡够。这话多么正确。可第一次进县城,那心情……谁能静下心来睡觉?

我们昏昏沉沉地拖着步子,速度比出发时慢多了,走过的地方也记不得了。在鸡鸣声中,晨雾飘动的圩田里已有人影在晃动,打稻场上水牛拉动石磙子脱粒的嗒嗒声又响起来了。

太阳出来的时候,王老师指指北边说:"前面不远就是西河了,再有一个多小时就到。大家歇歇吧,吃点干粮。"我们已经疲惫不堪,听到休息,立刻顺势坐下,吃着自带的干粮,一边吃一边想,今天就可以看到县城了,心里不禁美滋滋的。

早饭前，我们到了西河。这是一个不大的"露水"集镇，靠内河边有石条铺的台阶和木跳板，算是码头了。从庐江到无为的轮船每天往返从这里经过，现在船还没到。王老师在码头边的街上给我们每人买了两个烧饼，又在一个茶棚前要了几碗凉白开，让大家一边吃一边喝。他自己赶紧到不远的小铺子里买了一盒十滴水和几包人丹，放到我的书包里，交代我给大家分发。

天空中没有一丝云彩，又是一个酷热的天气。还没到中午，我穿薄底鞋已感到烫脚板。码头上的两间候船室，早已被人占满。王老师买了票，把我们集中到一棵大柳树下。

突然，一声汽笛长鸣把我们惊醒，同学们呼啦一声都站起来，向鸣笛的方向眺望。不远的河道拐弯处，轮船的烟囱先露出来，冒着黑烟。接着，轮船的雄姿慢慢出现了，正向西河码头开过来。这是两条船并排捆绑在一起，冒烟的轮船并不大，拖曳的木船倒不小，乘客都在船舱上层的凉棚下坐着。船头激起的浪花分向两边，像围在颈上的银色项链。

我们都是第一次坐轮船。这一天尽管很热，可我们坐在船舱上层，凉风习习，开心地把一夜的疲劳都忘光了，谁也舍不得放弃观赏内河两岸田园风光的机会。中午，王老师在船上给我们买了米饭，一角二分钱一海碗，碗头上还有一小撮腌芥菜。晚上八点钟，船到了无为县城小东门轮船码头。码头上的电灯光映在水里，耀眼夺目，我们这些偏僻山区孩子哪见过这阵势？一个个兴奋不已。

第二天一早我们被安排走进考场。

半个月后,考试结果出来了,只有周国文一人考入襄安初中,其他23人落榜,当然也包括我。

山村说书人

无为县的西南角是三县交界处,南边枞阳县,西边毗邻庐江。一个县的边界虽然不似国界省界偏远,但在发展上也会滞后,特别是在国家还不发达的时候。

潘家村只二十多户人家,依山傍湖,挤在山湖裹挟的旮旯里。这里交通闭塞,远离城镇,文化生活寡淡。小时候唯一接触到的带有文艺味的就是大鼓书,见到的艺人是说书人,听到的文艺作品大都是《水浒传》《三国演义》《七侠五义》中的片段和民间故事。一到农闲,村里有个叫富胜的,对听大鼓书兴趣极浓,不仅自己爱听,还喜欢在农闲时邀场子组织村民听,经常在农活收工前往田头一站,招呼大家回去快点收拾、吃饭,晚上到他家去听四叔说书。

四叔是我们村的文化人,他念过私塾,上过长学,说话爱咬文嚼字。土改时他家被定为富裕中农,他尽管有文化,却一直窝在村里没甚发展。四叔在生产队一天到晚只知道埋头干活,很少和人交往。其实,他肚子里装的东西多着呢!

一天晚饭后,我又随父亲到富胜家去听书。那是一座低矮的茅草土坯屋,北边茅檐下有个门洞,低头弓腰才能进去。屋里黑洞洞的,进门定神后,才发现昏黄的煤油灯下坐满了人。小屋中央有一张矮方桌,四叔早已坐在那里,慢慢地喝着我们从南山上采撷的山里红茶。周围的男女老少,有的抽烟,有的说笑,看得出大家的心情都不错,尽管劳累了一天,仍谈论着家长里短,嘻嘻哈哈,笑声不断。

论辈分,我叫富胜二哥。二嫂忙过来热情地给我们父子找了个地方坐下,他们两口子笑逐颜开地忙前忙后,打招呼,递烟袋,让座位。人都到得差不多了,富胜宣布:今晚请四叔接着讲"逼上梁山"。

四叔手里拿着一本发黄的旧书,一直在看,见富胜开了场,马上把书放下,也没有多话,直截了当地说:"上回讲到林冲在柴进庄上棒打洪教头后,被好酒好食款待了数日,因官司在身不能久待,柴进只得依依送别。林冲到了沧州牢城营,因有柴大官人书信举荐,得了个看管天王堂的差事。今天讲的是《林教头风雪山神庙,陆虞候火烧草料场》。"

四叔说书和讲故事差不多,没有任何道具,只凭一本书,讲一阵子停下来,看一会书,喝几口茶,接着又讲,他离不开书。过后我才知道,四叔白天要出工,没时间看书,临上场看一段讲一段,现炒现卖。逢雨雪天不能出工,生产队集体组织打绳索,这时候富胜就去找队长老杨通融,要求给四叔一点看书的时间,也好储点"存货"。这几天冬季积肥忙,老天也没下雨，四叔的"存货"早用光了，这才捧着书，现洗萝卜现剥葱。

屋里静下来了，大家都在聚精会神地听林冲接老军管草料场的班，又怎样杀了富安、陆谦一伙奸人，算是一个段落。

四叔放下书，小屋里马上骚动起来，有人要出去小解，烟瘾大的抓紧时间掏出黄烟袋就着煤油灯吧嗒、吧嗒吸两口。这时，二嫂从里间锅屋出来，手里端着一只粗碗，轻轻放在小方桌上，揭去碗上盖的发黑的布巾，下面是几根老鼠大的红薯，还冒着热气。四叔知道这是犒劳他的，也不客气，拿起一根，不剥皮就往嘴里送。听大人说，四叔吃的红薯是生产队给富胜家特供的。四叔在吃，黑暗中有人咽口水。

吃了，喝了，四叔用手抹抹嘴，他见撒尿的都回来了，扯开嗓子："天理昭昭不可诬，莫将奸恶作良图。若非风雪沽村酒，定被焚烧化朽枯。且说林冲杀了富安和陆谦，在一个庄上又抢了酒喝，当夜醉倒在雪地上，被追上来的庄客拿下⋯⋯"后面我就听不清楚了，不知不觉倒在老爸的怀里迷迷糊糊睡着了。

第二天在田坂里干活，大伙议论的都是昨晚四叔讲的故事，有的为林冲鸣不平，有的说他傻有本事不用，也有的说林冲命中注定要上梁山入伙。

那年秋后，村里伐了几棵树，在南场边盖了三间队屋供集会用：东头一间做仓库；西头一间是会计室；中间堂屋是生产队的议事场所，大会小会都在这里，四叔说书再也不用到私人家了。农忙季节,老队长是不让大伙听书的,怕影响晚上休息,耽误第二天干活,只有到了农闲才允许富胜去张罗。富胜忠诚地执行老队长的这一规定。同时,村民们注意到在开荒治坡中,富胜经常招呼大家,把枯木朽枝和挖出的树根统统拉到队屋前的场地边堆起来。

隆冬腊月的一天早上,天乌蒙蒙的,西北风一个劲地刮,不到中午便下起了雪霰子。在那个年代,上面号召"小雨小雪当晴天",帮助山边生产队修水库的社员仍在工地上挥锹舞扁担,没有收工。下午,纷纷扬扬的雪花飘起来,还没到天黑,地上已盖了厚厚的一层雪。老队长满意地看着当天的劳动进度,发出收工号令。回村路上,富胜凑到老杨跟前,嘀咕了几句,然后转身放出话来:晚上大家到队屋听大鼓书。

已经有几个月没听四叔说书了,这一声宣布似乎是给大家伙的犒劳,让社员们寒冷的身子一下热乎起来,回村的脚步加快了。

晚饭后,大地一片银装素裹,雪下深了。我踏着嘎吱嘎吱的积雪来到队屋。一进门,一股热浪迎面扑来。堂屋里挤满了人,中央一个大火塘,架起由富胜平时招呼大伙收集的干树根在熊熊燃烧,通红的火焰把堂屋照得通亮。火塘上方吊着一只缸瓦壶,壶口突突地冒着热气。先来的人占据火塘边缘,围了一层又一层,有坐马扎的,有坐板凳的,外层的只得两手插在衣袖里站着。人们的情绪与白天在工地上大不一样,大家此时在嘻嘻哈哈,你推我揉地逗乐子。四叔已到了，坐在火塘旁的竹圈椅上，面前的小方凳上有一只粗茶杯，有人早已为他沏好了茶，旁边还是那本发黄的、皱巴巴的旧书。

人到得差不多了，这个场面只能是富胜主持，他站起来让大家安静下来，随即宣布开始。四叔呷一口茶，不慌不忙地拿起那本书："上回讲到十五回，今天说的是十六回，《杨志押送金银担，吴用智取生辰纲》。"

堂屋里静悄悄的，连孩子们也静静地听着，随着故事情节发展，喜怒哀乐全写在听书人的脸上。

说完一段，趁四叔喝茶的当儿，人们小声议论黄泥冈上七条汉子足智多谋，也有人在学唱白胜的七言四绝"卖酒歌"。

大约到了十点钟，富胜照例为四叔准备了夜宵。这回是两个米糠饼子，早埋在火堆边的热灰里焐着，掏出来时已经焦黄扑鼻香。

吃过夜宵又讲了一个多小时，四叔显得有些倦意，看书的时间比说书的时间还长，声音也有些干涩嘶哑。富胜觉得不忍心，果断宣布今天到此为止。可大家觉得不过瘾，仍意犹未尽。

四叔讲的书，每每都是社员田头地尾和茶余饭后的议论话题。这些识字不多的庄稼汉，成天围着锅台和猪栏转的老奶奶、小媳妇，还在上小学的团子，能了解中国历史上的英雄豪杰、帝王将相、才子佳人，大多是从四叔那里知道的。

时间一长，四叔也有江郎才尽的时候，因为被称为"四旧"的古典小说很难找到，第二年队屋的书场也就停下来了。我扳着指头算了一下，四叔共为村民们讲过四本大书：《水浒传》《十把穿金扇》《薛仁贵征东》《薛刚反唐》。《三国演义》和《七侠五义》只讲些片段，因为找的书残缺不全，且少页断章。

没有四叔说书，对于我们封闭的小村庄，除了张家长李家短，人们的精神生活实在是很枯燥，"晴天一身汗，雨天一身泥"，日子过得兴味索然。

有一天，富胜去镇上赶集，带回一条让村民们欣喜若狂的消息：丁家村有个丁玉宝，初中毕业回村种田，特喜欢古典小说，记性又好，经常在茶余饭后给乡亲们讲故事，现已能拉场子了，外村有专门请他说书的，只是不敢公开。经富胜一鼓动，大家央求老队长派富胜去联系一下。老杨拧不过大伙的"书"瘾，只得给富胜交代：

"可以先联系。但有一条：绝对不能宣传封建迷信的东西，出了问题挨批斗你富胜兜着。"

见老队长松了口，富胜进一步试探道："人家大老远地来，总得给点报酬吧！"

老杨眼睛一瞪："多少？"

"我打听了，别的村每晚一包'东海牌'香烟，夜宵稠粥加咸菜。"

老杨低头合计，大约三毛六分钱："我给会计交代，先从仓库给你称五斤稻子，由你操办。"

总算有盼头了。消息一传开，有些好客的赶紧约请村外的七大姑八大姨了。

农历四月的一天下午，全队社员都在水田里分组干活，有耙田的，有施肥的，有插秧的。大家发现富胜没出工，这引起人们的猜测。工间休息时被打听出来了：富胜去请丁玉宝了。一时间田坂里群情振奋，接着有人打听说什么书，甚至还有人要求提前收工，回家好洗个澡，换上干净的衣服。在田头正担着秧把子的老杨急了，他怕影响干活，误了农时，于是下了道死命令：下午用犁耙平整过的五亩水田必须当天全部插上秧苗，不插完不准收工。他的话刚落音，就有人嚷道："老队长，放心吧，不要说这五亩，畈埂底下的一亩五分圩田我们也要插完。大家看怎么样？"田埂上站着的人们齐回音："行啊！老队长，你就放二十四个心吧！"

社员们说到做到，太阳擦山口，六亩五分水田都插上了秧苗，白水田绿油油一片。老队长立即兑现承诺，喝声收工。就在这时，不知谁惊呼："你们看啦，那不是富胜吗？"大家的目光一起投向岗垄上，只见有两个人顺着岗垄向村里走来。前面的人有些眼生，后面跟着的不是富胜是谁？他肩上扛着根竹竿，挑着一个圆鼓鼓的东西吊在身后，有人说那就是大鼓。

收工的社员一下乱了阵，嬉笑、吆喝。妇女们开始向村里跑，为的是赶回去奶团、做晚饭料理家务。男人们一边收拾犁耙水车，一边交代放牛娃早点把牛赶回去。熙熙攘攘的田野顿时清静下来。

晚饭后，队屋的房梁上早已吊着一盏煤油灯，今天的灯罩一改过去的昏暗乌黑，被擦得锃亮。好位置早被人占了，听众都是自己带板凳。平时开社员大会，老队长用铁皮广播筒叫三遍也来不了这么多人。大人、小孩、老人，一个个收拾得利利索索，喜笑颜开，像过节似的。屋中央有一张方桌，桌上放着一只粗茶杯，旁边有两把椅子。

今天，老队长亲自出马，搞得很正式。他走在前面，后面跟着一个四十多岁的庄稼汉，中等身材，四方脸，上身穿件蓝布褂，笑眯眯地向大家点头，不用说他就是丁玉宝了。富胜也来了，一手拿着竹竿绑扎的鼓架，一手提着个脸盆大的扁鼓，还有一根鼓槌。老杨一屁股坐在正位上，丁玉宝被让在侧座。富胜支起鼓架，把扁鼓架上，帮忙的早给桌上的茶杯冲上水。老队长吭吭两声，乱哄哄的噪声马上消失了。

"今天请丁同志来我们村说书，说的是……"他把脸转向丁玉宝。丁玉宝说："《瓦岗寨》。"

"这是旧书，关着门听。我和丁同志都担着风险，大家听了别到处嗓嗓。"

"丁同志忙得很，费了好大劲才请来，大家欢迎。"富胜带头站起来拍巴掌，引来一片稀里哗啦的掌声。

丁玉宝笑眯眯地呷了一口茶，润润嗓子，然后轻挽袖口，一只手拿起鼓槌，未开口，先咚咚敲起鼓，清脆的鼓声震得满堂屋嗡嗡响。大伙的心情随着鼓声在振奋、在激动、在荡漾。我第一次听到真正意义上的大鼓书，比四叔干巴巴的念叨有意思多了。丁玉宝敲了一阵又一阵，慢悠悠地不开口——真急死人。好不容易开口了，却把我给弄蒙了：

"阳光雨露育新人，阶级斗争是方向。今天我不把别的表，说的是王二嫂在路线斗争中觉悟高，嗯哼——嗯哼……"

这是什么？《瓦岗寨》还带这个？人群在骚动，有人窃窃私语。老杨马上把双手举起往下压，让大家安静下来。

唱过一段，丁玉宝停下解释说，现在什么都要讲政治挂帅，说书也要先讲政治，不然噪噪出去他不好交代。接着又咿咿呀呀地说唱了一阵，大概意思是王二嫂揭发她老公公偷生产队的山芋，她大义灭亲的事迹受到公社表扬，这段前奏说了一袋烟的工夫。接着，丁玉宝重重地敲了几下鼓："下面我不把别的表，说一说瓦岗英雄震乾坤。"

就像一场戏刚拉开大幕，大伙又是一阵骚动，很快静下来。丁同志说书的嗓音和说话时不同，沙哑粗陋，富于感情，根据故事情节，还能模仿战马叫和风雨声。

这是一次难忘的精神享受，每个到场的人都被故事情节所吸引，愉悦的心情久久不能平静，一直持续十多天。在这十多天里，村头巷尾议论的都是瓦岗英雄的人和故事。

就在那年冬天，我参军入伍了。

"文化大革命"期间,我第一次回乡探亲,那天是下午到的家。父亲高兴之余对我说:"正巧,今晚队里请丁玉宝说大鼓书,安排在咱家。"因为队屋里都堆满稻子,村里没有更大的场子。

晚饭后,乡亲们都来了,我热情地和大家打招呼,称叔道婶,拿出香烟糖果招待大家。人到齐后,丁玉宝在队长和富胜的簇拥下走进来。我首先向他问好,并高兴地敬烟敬茶。几年不见,丁玉宝没有大变样,仍是少言寡语,更像胸中自有千古奇闻的大家。

他开场照例先说了一段《智取威虎山》,在杨子荣的形象上,加了不少神秘兮兮的词。这时候,我已经懂得在那个年代这是完全必要的。接着,他话锋一转,开始讲《三侠五义》,这才是今晚的"言归正传"。经过几年的磨炼,丁玉宝比我入伍前大有进步,能够融入故事情节,有一定修饰语言的功底,说得扣人心弦。我坐了三天的火车,三天两夜没合眼,尽管很疲劳,但还是想听一会。十点过后,实在瞌睡得支撑不住了,这才去里间躺下。

咚、咚咚、咚、咚咚……有节奏的鼓点声把我送入梦乡。

后来,我在收音机里听到刘兰芳说评书,再后来在电视里看到单田芳说评书,他俩都是评书大师,全国闻名,但不知怎么搞的,我再也找不到当年在村里茅草屋里听大鼓书的那种兴奋、激动的感觉。

皖江客轮

那年,远离县城的边远小镇牛埠,被确定组建初级中学,上级从皖南师范学院分配一批应届毕业生到牛埠初中任教。我们班的宗先华老师就是那批教师中的一员,他教我们班语文课。

开学一个月后,一个周六的下午,宗老师对我说:"明天是周日,你回家吗?"学校教室和学生宿舍正在建设中,我们这些离家远的"住校生"都暂借附近农村民房住宿,我是每隔两周回家一次。

"如果你不回家,陪我去一趟土桥吧!"宗老师说。

牛埠镇离土桥并不远,但对于一个刚来不久的外地人来说还是陌生的,我满口答应。

早饭后我们上路。

秋色浓郁,一路上到处是金黄的待丰收的世界。

土桥镇是皖江中段靠北岸的一个小码头,每天有两班小客轮在这里停靠。一班是上水轮船,由芜湖开往安庆,九点多钟到港；另一班是下水船，从安庆对开芜湖，下午一点左右到达土桥码头。

我们到土桥时还不到九点钟。宗老师是初来乍到，我领他在露水街早市上转了一圈，让他领略江边小镇五花八门的水产品，接着又领他到这个古老的码头上看了一会江景。

码头对面是个叫成德的江心洲，它把长江分成东西两股航道，主航道在成德洲东边。

极目长江，秋水悠悠，烟波浩渺，一泻千里。远处帆影点点，百舸争流；近处渔舟荡漾，江鸥啾啾。主航道上，不时有长航大客轮耀武扬威地通过，传来长啸、高亢的笛鸣声，似乎吆喝过往船只："避开，我来了！"客轮上广播喇叭里不时送来阵阵悠扬的乐声。也有货运拖轮，拽着数十艘大木船，满载煤炭、矿石——好家伙，好几百米长哩！

在闲聊中，宗老师告诉我这次来土桥是接人的。他的一个同学来信说，今天从荻港乘小轮来土桥。我说："上水小轮比不得大轮船，不会在江中主航道行驶，而是靠北岸江堤——长江在无为至铜陵段的大湾——利用江水环流'靠边溜'，这大概是为了减少航行中逆水的阻力。"

我们顺着长江堤岸，迎着轮船来的方向，踏着露水未干的青草，漫不经心地往北走。

过了九点，我发现远处靠北岸有股浓烟袅袅升起，噢，这是上水小轮来了。

宗老师显得有些激动，他忙招呼我："快，往回走吧！"

当时的长航小轮，船的右边捆绑一艘带底舱的三层木舫船，由轮船机械动力拖曳舫船行驶，乘客主要在舫船上。我发现轮船驾驶舱桅杆下有个灯箱，上面有"皖江—长风号"几个大字。

接近码头，轮船拉响三声清脆、短促的笛声，逐渐放慢速度，缓缓靠上趸船。岸上的码头工人忙着摆放跳板，拴缆绳。当船靠稳后，舫船边铁栅栏打开，肩挑手扶的男女乘客蜂拥而至。

接客的都被阻拦在栅栏右边的出口，准备上船的客人则被挡在栅栏左边等候。一时间码头上人头攒动，乘客呼朋唤友，热闹非凡。我发现宗老师显得有些紧张，脸上泛着红光，两眼闪现出异样的神采。当看到一个短发姑娘走出铁栅栏时，他一扫平时的稳重、矜持，竟然在那么多人面前跳起来，一面挥手一面呼叫："阿芳，阿芳……"

哦，到这时我才明白过来，宗老师是来接对象。难怪我问他接谁，他一直吞吞吐吐。

出了栅栏，他们俩握着的手就没有松开，一直牵着，互相含笑久久对望。宗老师猛然想起我还站在身后，忙把我引见给阿芳。

她一米六八左右，身材苗条，不知是激动还是一路风尘，脸蛋红扑扑的，闪现丝丝汗星。她留着齐耳短发，上身着碎花隐格对襟小褂，下穿深蓝裤子，白线袜子配黑灯芯绒带襻方口布鞋，手里提着一个鼓鼓囊囊的花布兜，给人以淡雅、秀气的感觉。

我已是初中生，虽然不谙男女之情，但朦胧中已经知道这是怎么回事了，觉得这种场合应该回避，忙找个借口，知趣地躲开。

宗老师和阿芳没有进土桥镇，而是顺着长江大堤往北走。长堤幽静，没有其他行人。一路往北，柳岸翠堤，野菊乍黄，这大概是他们选择往那里走的缘由。我折返到码头候船室内，找张长条椅子躺下休息……

不知什么时候，候船室里人多起来，卖票窗口上的木挂钟已经指向十二点半了。我猛然醒悟，下水小轮快到了，忙翻身坐起。我发现宗老师和阿芳已经站在候船室门外的人群边，宗老师手里捏着一张船票。阿芳这是要回去？看样子他们意犹未尽，还有好多话没说完哩！

"怎么，姐姐要走吗？"我走过去问。

宗老师说，阿芳要乘下水轮船返回荻港。

这也太仓促了。"都一点了，你给姐姐买点吃的东西吧！"我建议道。

宗老师扬扬手里的小布兜："她不让我给她买，倒给我带了不少吃的。"

这时下水轮船"皖江—长宁号"已经绕过对面成德洲头，拖着长长的浪迹迎面向土桥驶来。

宗老师和阿芳姐一直站在乘客队伍的最后，他们还在窃窃私语。乘客已下完了，轮船响了三声短促的笛鸣，这是告知码头港务人员可以检票放旅客上船了。栅栏门一打开,人们鱼贯而入。

人流中断了,码头工人看着站在趸船上的两人,再不进去栅栏门就要关了。宗老师轻推了阿芳一把,她刚跨过船帮,栅栏门关上,码头工人就解开了缆绳。

阿芳一只手掩着脸,一只手伸到铁栅栏外舞动。轮船是逆流停靠码头的,等到左转弯掉头向下游开,半个弧圈就绕到江中心了。我隐隐看到阿芳又转到左舷栅栏边向岸上挥手,直到渐渐隐没在江雾中。

宗老师呆呆地站在那里,一直没动,手里提着阿芳给他的小布兜,脸色肃穆,神情呆滞,若有所失。停了一会我过去催他走,他好像没听见,一直到看不见轮船冒出的烟才回过神来,默默地跟在我后面。

我们就这么默默地走着,谁也没有说话。到了七里半(地名),宗老师打开小布兜,从里面抓出一把炒蚕豆递给我,并翻了翻,兜里还有两块大米饼子、一小包饼干和一把花纸包的水果糖块,这是阿芳带给他的。在那个年代,这些吃食可是很重的礼物。

宗老师回过神来后告诉我,阿芳和他同为皖南师范学院同届毕业生。他们是同乡,已经好了多年,只因保密工作做得好,校方不知情。结果他被分配到我们新组建的无为县牛埠初级中学,阿芳则鬼使神差被分配到江南繁昌县的一所中学。等到名单一公布,成了铁板上钻眼钉钉子——已没有改变的余地了，只得服从分配。

今天的约会是他俩通过书信约定的。刚走上工作岗位，都想好好表现，谁也没有为这次约会专门请假，只得利用星期天短暂见一面。他们已经达成新的约定，再隔一周，半个月后还是通过皖江客轮这条航线在土桥码头见面。

回来的路上宗老师走得很慢，和来时判若两人。到学校已经是傍晚。

走过一趟，宗老师对上下水轮船到土桥码头的情况已经熟悉，这以后不再需要我陪同前往了。

又是一个星期天。

早上天空就雾蒙蒙的，铅云低垂，太阳迟迟不露面，这是我们皖江晚秋季节典型的"秋半天"。

那个年头从牛埠到土桥没有车辆运行，全靠"11号"。宗先华老师吃过早饭独自一人前往土桥。一路上，浓雾扑面，他顺着沙土大道急行。到了土桥江边，大雾中人影幢幢，三十米开外就什么也看不清了。

码头上、候船室里有不少人在等船。九点刚到，值班的港务员出来，他清清嗓子："哎，哎，大家静一下。今天江上的雾太大，芜湖方向的上水船虽然开过来了，但为了保障安全，只能放慢速度行驶，什么时候到土桥现在不好说，请大家自行确定自己的行程。"

听到这个消息，候船室里一片哗然，人们七嘴八舌，有怨天的，有骂娘的，有自认倒霉快快不乐地整理箩筐挑着担子默默离开的，也有属于"死脑筋"那种，仍抱一线希望继续留下的。宗老师没有动，他站在"死脑筋"那一边，深信轮船一定会到的。

长江是黄金水道，航运繁忙，从江上不时传来货运拖轮那粗犷、沉闷、传递数十里远的笛鸣，震人心弦。

整个上午，宗老师一直坐在江边他曾经和阿芳坐过的草地上，神情恍惚，眼神呆滞，一直凝视雾锁的大江。

下午一点，江面雾气渐渐散去，拨云见日，秋阳终于露出笑脸。守在码头上等待的乘客开始活跃起来。

等到北岸江湾处几声汽笛长鸣，宗老师为之一震，上水轮船终于露面了，他一跃而起，赶紧往码头上跑。

船靠码头后，他瞪大眼睛抑制住内心的兴奋静候。人流顺跳板有序上岸，然而，等到最后一个人下船，也没见到阿芳的影子。这是怎么回事呢？难道……他内心忍受着由兴奋期待到大失所望的煎熬。

客人逐渐散去，码头又恢复宁静，而宗老师久久没有离开。他苦苦地想了多种情况，绞尽脑汁地寻找答案，百思不得其解，站在江边痴情地目送轮船远去。

这天，他回到学校没有按时去食堂打晚饭，而是和衣倒头便睡。

又过了一个星期，难熬的七天。周末，阿芳终于来信了。

原来，那天早上阿芳赶到获港码头，江面雾霭沉沉，一片朦胧。江边船只帆樯不动,过江的轮渡都没有起锚,从芜湖过来的小轮竟然晚了一个小时。她寻思,照这样晚下去,下午一点不可能到得了土桥。如若那样,就赶不上回程的下水轮船了。当天回不来不就要影响周一给学生上课吗?思前想后,她临时改变了主意,取消当天的约会。可这没办法通知先华呀,一封信路上要走六七天。双方学校虽然都有电话,可那是长途呀,费用高不说,大部分情况下还难以接通。于是,她狠狠心做了个放弃登船的决定。

一次爽约后,这对情人深感这条水上航线的畅通对他们意味着什么。在后来的日子里,双方认真履约践诺。日子久了,那烟囱冒出的滚滚浓烟,那清脆长鸣的笛声,那蒸汽轮机隆隆的轰鸣,带给他们的是无限美好的向往,无数次激起他们内心的冲动,也留给他们不可磨灭的相思和怀念。青春的恋火愈烧愈旺,二人在爱情的道路上形影相随。

不得不说的是,水上航行要受水流和多种气象因素影响,依赖上下水轮船在同一码头对接来相会,这毕竟不是笃定稳妥的。因为行驶在复杂气象条件下、受气象因素影响较多的皖江小客轮,到港和起锚的时刻具有很大不确定性。

秋去冬来,长江航道变窄,水流落差也大了,行驶在江上的船只,逆流上行显得慢了,而顺水下行则快了。本来长航上下水轮船在土桥码头交会间隔三个小时,因始发码头开船时间不变,到了冬季间隔逐渐缩短,有时仅有几十分钟,这对宗老师和阿芳来说是残酷的。但他们没介意,一个月能见一两次面，看到对方的笑颜，说上几句掏心窝子的话，感到很满足。

每次相会，他们都是手拉手，顺着江堤往北走。码头离土桥镇街道只有半里路，他们也没舍得把时间用到逛街上。宗老师很想领阿芳到镇上餐馆里吃碗热乎乎的香油馄饨，但被阿芳拒绝了，他们饿了就近在码头小摊上买几个火烧干啃。随着上下水轮船在土桥交错的间隔时间越来越短，相会对他们来说简直是争分夺秒。同时，约会也是有花费的，单程船票六毛钱，来回就是一块二，这对工资不高的年轻教师来说是不小的开支，所以他们对每次约会都格外珍惜。为了不误下水船，他们沿江堤往北走的距离也越来越短了，说话的语速也快了。然而，终于有一天，下水轮船到码头的时间发生了让他们猝不及防的变化。

那天，刮着六级的东南风，行驶在皖江大湾段，下水轮船是勇往直前，顺风顺水，而上水轮船则是顶风逆流，挪动艰难。下水轮船到达土桥码头后，上水轮船还在江面上开足马力苦苦挣扎。阿芳在船上急得直跺脚，恨不能使劲帮忙推一把，最终，眼睁睁地看着下水轮船在不远处擦身而过扬长远去。

到达码头下船来，宗老师热情地迎接上去，可阿芳高兴不起来。她望着远去的下水轮船，不无埋怨地自言自语道："今天的下水也太积极了。怎么办呢？回不去了。下午还有别的过江船吗？"

宗老师从喜悦中猛醒过来，是呀，今天没有船了，阿芳怎么回去呢？

这天，他们第一次来到土桥街上，在一家餐馆找个角落坐下。两碗米饭，一钵子白菜豆腐，一碟小杂鱼。吃过饭他们没有马上离开，而是坐在餐馆的角落里，忘了时间似的轻声细语，商量对策。

后来，他们又去了趟江边。码头上静悄悄的，没有客人，简陋的候船室长条椅子上有两个附近的闲人在睡觉。从港务人员那里得知，今天再没下水船了。

明天的课程肯定是误了，眼下怎么办？阿芳心神不定，望着在风浪中自由翱翔的江鸥发愣，这时候她深深渴望长江这道天堑什么时候能变通途。忧郁的心情给他们约会添了些许不爽。

眼下怎么办？往哪儿去？住旅馆，没有任何身份证明，仅登记这一关就过不去。容不得他们多想，唯一的选择是回牛埠中学。

直接回学校？宗老师有些纠结，怎么跟同事们解释呢？皖南师范学院分到牛埠初中的老师都是和阿芳同届的同学，尽管有的不是同班，但也互相认识，突然带阿芳出现在他们面前，这多尴尬呀！再说，阿芳也不同意直接到学校去，没有任何预先告知突然出现在大伙面前，多没面子呀！可是，已经没有退路了，她像个小孩似的漫无目的地跟随在宗老师后面。

大约四点钟,他们到了学校教师宿舍。

首先发现阿芳的老师顿感突然,竟忘情地大声咋呼起来,接着其他老师也聚拢来,把宗老师和阿芳团团围住。其中有人知道他俩是一对恋人,也知道毕业后阿芳被分配到芜湖附近的繁昌,而今天这么不声不响地出现在老同学面前,觉得蹊跷。有两个女同学跑过来,亲热地拉着阿芳的手问长问短。阿芳只是红着脸,傻傻地看着同学们笑。最后,还是宗老师给大家道出了今天在土桥码头相会,长航上水轮船晚点,误了下水轮船返程的实情。女老师们热情地说:"就这个事呀?没关系,走,先到我们宿舍去休息一下。"

皖南师范学院毕业的老师们能在这遥远的新建学校看到曾经的同学,有种"他乡遇故知"的感觉,都聚拢过来。有人知道他俩是一对恋人,打听什么时候办喜事。宗老师讷讷的,难于出口:"结什么婚呀?现在是牛郎织女,有长江这条'天河',没敢往这方面考虑哩!"这时,有人竟然嘻嘻哈哈道:"有什么考虑的?选日子不如撞日子。既然来了,今天就结婚。"

这本来是句玩笑话,在场的人一下没了音。倒是宗老师接过话茬:"都是皖南师院的老同学,别逗了。"

这时,当年的班长、现在的胡老师站出来:"怎么是逗?都到了结婚年龄。据我所知你俩已谈了多年,现在结婚不晚也不早,可以办。"几句话撩得人群一阵欢呼。

再后来，胡老师招呼几位女老师找阿芳，他与另一位老师找宗老师谈话……

事情的发展让这对情人措手不及。

接下来，趁公社办事人员没下班，宗老师他俩先去登记，其他的人准备喜宴。

老师们从食堂打来米饭和大烩菜，满满地摆了三大桌。有个女老师想得周到，跑到附近杂货店买了几包水果糖和两条"腰鼓牌"香烟，还有一竹箩瓜子、花生和新上市的毛栗子。

婚礼在男教师的宿舍里举行，并把校长和教导主任也请来了。

简单仪式后，大家吃着从食堂打来的饭菜，就着县酒厂生产的大麦烧喝起来。当年的同学今天的同事把酒言欢，喜庆的气氛洋溢在宿舍里。

这是牛埠初级中学建校后第一对新人结婚，婚礼谈不上排场，与民间传统婚礼相比倒有些寒酸，但一对新人诚挚相爱，使在场的人羡慕不已。这个周日之夜，是牛中教师们近几个月来最高兴的夜晚。

新房就是宗老师的卧室。没有新床，没有新被褥，有的是人生美满的真情实感。

新婚之夜，宗老师首先打破沉默，他既是玩笑又饱含深情道："今天，我们得感谢皖江小客轮，是客轮给了我们机会。这么说吧,皖江客轮是槐荫树,是撮合我们的月老,是客轮把你送到我的身边。"

阿芳会心地笑了。这时她突然想起,说道:"单位还不知道哩,明天上课见不到我……"

"放心吧,到公社领证后,我让胡老师给你家和你们学校各发了一封电报,向你们单位请了三天假。你父母现在兴许正在为我们祝福哩!"

月亮从东方升起,把银光洒在窗台上,斗室弥漫着乡野的美。

丁家山传奇

远离城镇的丁家山,地处三峰山主峰脚下的山窝窝里。我这里要讲的故事发生在20世纪60年代初。

这是个只有三十多户人家的小山村,依山傍溪,竹林环抱,长年翠荫蔽日,溪水潺潺。那个年代,村里没有电灯,没有电话,也没有公路与外界相通,封闭得像陶渊明笔下的桃花源。住在丁家山的人们,早上八九点钟才见到太阳,下午三四点太阳就早早地躲到三峰山背后去了。漫长的夜晚,人们消遣时间,不是围在一起谈天论地,胡侃瞎吹,就是聚众打牌逗乐。

村西头有一幢祖传老式青砖瓦房隐蔽在幽静的竹林中,房主叫李来旺,三十多岁。为人忠厚、善交往,在村里人缘甚好,与村里老老少少都合得来。每当天黑,来旺家里都是坐客满堂,左邻右舍聚来闲聊,插科打诨、嬉闹逗乐声不绝于耳。来旺不嫌麻烦,情愿搭上灯油,还客客气气提供山里红大碗茶。这其中有个缘由,就是来旺老婆好打牌,牌友一来，她就乐不可支，热情张罗。所以，来旺家成了丁家山村民的娱乐场所。

那年正月十几的一个晚上，人们晚饭后还带着过年的欢乐三三两两到来旺家来，说笑一阵后便拉开牌桌子，虽然不以赌钱为目的，但为争个输赢，不来个块儿八毛的没劲。

一更天后，人渐渐多起来。榆木大方桌对角放着两盏玻璃罩子煤油灯，观战的和多事的"狗头军师"里三层外三层，围得水泄不通。十点刚过，来旺从老婆身边撤下来，他从不亲自上场，只当夫人的参谋。白天，来旺在竹园里干了一天的活，早已哈欠连天，显得有些困，便怏怏地自个儿先回卧房陪孩子睡觉去了。

玩牌押钱钞，尽管数额不大，也算是赌博，这是上面明文禁止的，公社经常派民兵小分队明察暗访，禁赌抓赌，一旦抓个正着，那可就吃不了兜着走。起初，堂屋的大门关得很严，人们的声音也压得很低。一到夜深，外面又下着小雨，大家觉得上面不会有人到这深山沟里来检查了，警觉性也松弛下来，有些急性子嗓门也大了，外出小解的人进进出出，索性随手将两扇大门虚掩着，也不再关严上闩了。

牌桌上的"战斗"如火如荼，吸引着数十对眼球，赢者荡气回肠，输者满面沮丧。

哐当一声，虚掩的大门被重重撞开。这突然的干扰引起满堂人的不满，都埋怨哪个混账家伙使这么大劲。围在桌子下方的不约而同地让出一道灯光，咦！是一条大黄狗慌慌张张冲进屋,这下惹得人群没好气地咒骂起来,有人竟然拿起一根棍子准备教训教训这冒失畜生。

就在这当儿,门口蓦地出现一张凶猛的面孔——啊!老虎,它是紧随大黄狗之后冲进屋里的。满屋的人顿时大惊失色,轰然乱了起来,尖叫声一片,场面一下子炸了锅。慌了神的人们顾不得输赢了,有往墙角躲的,有往桌子底下钻的,还有的吓呆了站在那里发怔。眼前的场景也使冲进门的老虎发了愣,它原只顾猛追狗,想不到落入人群。当看到灯光时,老虎慌了神,急忙往后退,慌乱中屁股竟然顶到门板上,反而把大门顶关上了,断了退路。山中之王即刻暴跳起来,大吼一声向门板撞去,厚实的松木门哪能撞得开?于是又用爪子乱抓,这一切都无济于事。

老虎不知道自己陷入什么样的境地,也顾不上追赶黄狗和对人攻击了,一阵暴躁狂怒之后,在屋里发疯似的横冲直撞。顷刻,桌椅、油灯被打翻,霎时一片黢黑。这时,人都不知道躲到什么地方去了,只听见老虎一会儿跳到房梁上,一会儿又蹲到地上,满屋乒哩乓啷的家具倒塌声、稀里哗啦坛罐破碎声和老虎喘息声,再也听不到人的惊叫了。

早年的皖江山区民宅都是砖木结构,普通人家三间正屋,中间是堂屋,一边是厨房和柴草间,另一边是卧室,房间是用砖墙隔开。三间房柁梁上面一般都是通的,来旺家的房子就是这样的结构。老虎进家后,人们的惊叫声早把睡在隔壁卧室床上的来旺吵醒了,他没有吱声,悄悄把两个孩子紧紧搂在怀里。堂屋里所发生的一切他都听得一清二楚，只是身边有两个熟睡的孩子，他不敢造次，默默静待事态发展。

老虎出不了屋在拼命折腾，上蹿下跳，寻找出路，嗖的一声又蹿到房梁上……突然，一阵哗啦啦声响，"不好，"来旺还没有醒悟过来，只觉得房顶像是塌下来了，轰的一声，重重砸在他和孩子们的身上。

老虎穿过堂屋柁梁进入卧室，落到床顶棚上。顶棚是竹片搭的，上面铺着一层芦苇席子，为的是挡灰尘。这样的顶棚哪经得住百十多斤老虎的重压？所幸的是孩子们睡得实，这么折腾也没有把他们弄醒。也许老虎这回跌得不轻，加之折腾了半天，就顺势坐下，大口大口喘着粗气。

堂屋里的人虽然没有出声，但都静静地猫在黑暗里。听到老虎进了里间，又压塌了顶棚，不知谁壮着胆子悄悄打开了大门，一溜烟跑出去了。到这时人们才清醒过来，呼啦一声，一个个鱼贯冲出屋，把来旺和两个孩子撇在家里。

来旺这时心里清楚，只有让老虎平平安安安出去，才能使自己和孩子不受伤害。可现在老虎就坐在自己身上，只隔着一层薄薄的芦席顶棚和棉被，在大口喘气。他知道，卧室的门朝外的，老虎不可能从里面打开门，要让它出去也只有再从柁梁上翻到堂屋里。

性急之下，他想起了一句俗话，于是灵机一动，轻轻抽出一只手，隔着被子和芦席，对准老虎屁股的部位狠狠地拍了一巴掌。这出其不意的一击，把老虎吓得非同小可，只听见嗖的一声,它又跃到柁梁上去了。大概从打开的大门看到了外面的星光,老虎翻身跳到堂屋里,一阵风声过后,堂屋里顿时静下来。

不一会工夫,来旺老婆领着一帮人,带着刀叉棍棒、火把,大叫大嚷杀回来了。刚到门口,就听来旺在大喊:"进来吧,老虎走了,快帮我把顶棚搬开。"他老婆赶紧冲进卧室,拨拉开塌下的顶棚,从被窝里把两个孩子抱起搂在怀里,好一阵亲啊!可孩子们揉揉惺忪的睡眼,嘴里哼哼唧唧,还不知道发生了什么事。

来旺见众人都围在床前,一本正经地说:"人们都说老虎屁股摸不得,不是跟你们吹,今天我可真摸了一把。"

大家只受了一场惊吓,没有人受到伤害。那条黄狗也毫发未损,挤在人群中摇头摆尾。

有人已经重新点亮灯,摆放桌椅,收拾打破的坛罐,看样子牌局还要继续。

"捆绑"夫妻

不知从什么时候起,在乡俗中有"抢亲"这回事。

抢亲,在人们的印象中是一种恶行,文学作品中曾有抢亲的故事,多是坏人所为。然而,在我们当地,早年不时有抢亲的事发生。这种抢亲,不是假抢,而是明火执仗真抢。

这是发生在山前村的一起抢亲。

那是一个月黑风高的夜晚,村口站着一群人在焦急地等待。

"看,来了。"突然,有人叫道。

可不是,从南山坡上急匆匆下来一队黑影。不一会,人影来到跟前,人们这才看清,走在前面的汉子身上背着一个人,披着长发,是个女的,还在嘤嘤哭泣。后面跟着五六个壮小伙,个个跑得气喘吁吁,满头大汗。等待的人群骚动起来,纷纷闪开道路,一起拥进村,不知谁竟然放起一挂鞭炮,把气氛搞火热起来。

村子中间有一处低矮的茅草屋,壮汉把背着的人在茅屋前放下，几个中年婆娘立马围上去，把背回的女人搀扶进屋，取出嘴里布巾，七手八脚抱到里间床上。在昏黄的菜籽油灯下，人们这才看清，壮汉背回的原来是一个面容姣好的年轻媳妇。这时，有人打来一盆水，帮女人擦洗脸上的泪痕，梳拢头发。年轻媳妇缓过劲来，哇的一声哭起来。婶子们赶紧劝慰道："凤姐，想开点，你这么年轻，总不能守一辈子寡吧，以后的日子长着哩！不为自己，也要为孩子着想。"也有人在旁插话："富成可是个好人，就是穷点。听说解放军要过长江了，北边已经在搞土地改革，穷人能分到田地。以后和他一起过日子，不愁吃穿。"

婶子们说的这个富成，家里穷得叮当响，父母早年双亡，快三十了，也没娶亲成家，光棍一条。也不是没人介绍，只因家里穷，明媒正娶个老婆谈何容易？几个月前，山后小李庄死了一个男人，丢下二十出头的老婆和一个不满周岁的孩子。那年头，女人被"三从四德""从一而终"的枷锁牢牢禁锢，亡夫改嫁，不仅要遭婆家族人极力反对，也会受外人白眼。因为有封建伦理道德，口水也能淹死人啦！寡妇不得不考虑这些影响，不说孤守终身，起码也要等十年八年后。等熬到人老珠黄了，机会已失之八九。富成深知上门提亲不成，找房族长辈们商量，最后决定这个下策——抢。

前半个月就有人去山后小李庄踩过点，决定今晚行动。

天黑之前，抢亲人已经三三两两潜入小李庄，躲在与本村有亲戚关系的人家里。到了二更天，小山村静悄悄的，他们来到鲍凤姐家附近,从后窗发现她住的是里间,正在给孩子喂奶。负责抢的两人蹑手蹑脚摸进去,轻轻推开房门,凤姐还没回过神来,嘴已被一只大手捂住,并塞上布巾,另一人从她手上夺过孩子放在摇窝里,背起凤姐就走。出了大门,其他人接应、断后。由于凤姐的叫声和孩子的哭声惊动了公婆,老两口立即招呼族人围堵。但为时已晚,抢亲队伍早已冲出村,凤姐的哭声消失在山坳里。

当时,抢亲有个不成文的规矩——不得伤害被抢的家人,不得图谋财物,更不可做出有辱女性的事来。

夜深了,年长的婶娘们提水端盆强按凤姐洗过澡,然后把富成推进卧室,将房门扣上。

……

第二天,生米已煮成熟饭,富成与凤姐已是夫妻关系了。

喜事不能没有喜宴,富成也杀了几只鸡办了两桌便饭酬谢村人。第三天,李家打听到凤姐的下落,知道这个结局已无法挽回,两个兄弟和妯娌们反倒觉得省了孤儿寡母日后的花销,也就顺水推舟不作追究,痛快地派人将孩子和衣物等日用品送来。又过了几天,富成捉了两只鸡,割了三斤猪肉,还有红糖、方片糕、柿饼、蜜枣,带凤姐回娘家去认老丈人和丈母娘。

鲍凤姐的父母这是第二次见到富成。

两个月前,富成在堂叔的带领下来过鲍村,拜访过凤姐的父母,目的是提亲。鲍老汉伤心地说,女婿已过世半年,女儿现孤身带着个吃奶的孩子,哪有父母不心痛自己女儿的,可有什么办法呢?要改嫁也得过李家人这道关呀!老汉见富成人厚道,身板壮实,不比原来的女婿差,而且女儿过门就当家理事,是一家之主。女儿如果嫁了他,日后有依靠,也了却父母一桩心思。可寡妇改嫁,在那个年代这道门槛难迈呀!最后富成堂叔漏出一个"抢"字。鲍老汉沉默无言,心想:用这个方法改嫁虽不甚体面,可为了女儿,顾不得那么多了。

"阴谋"开始策划。

年前,凤姐回娘家,当鲍老汉把泥河村富成登门求亲的事告诉她时,她说:"我男人过世不久,不能提这件事。"还把父母数落一顿。但她告诉二老一个新情况:李家族人正在谋划将她转嫁给亡夫的一个堂兄弟。那个堂兄弟不仅个子矮,还有血吸虫病,腰大腿粗,她从心底里不愿意。可是,公爹对凤姐说:"这件事如果成了,你不出我们李家的门,上上下下都姓李,都是你孩子的叔叔婶婶、大爹大奶,日后谁敢欺负你娘俩?"凤姐对爸妈明确表示,就是以后日子过不下去,也不愿改嫁那个堂兄弟。只是李家族人那一关不好过。再说丈夫死了不到一年,先不提这些。

父亲听懂了凤姐的话,明白了她的心思。原来的女婿是得的血吸虫病,最后肝腹水死的。李家又要把女儿嫁给一个有血吸虫病史的人,这不是要毁了她后半辈子幸福吗?坚决不能同意。鲍老汉对凤姐说:"丫头,不能这样受李家人摆布了。为了你们娘俩今后的日子，这回让我来帮你安排。"

一个"偶然"的日子，凤姐和父亲乘船去牛埠镇赶集。那天，走在太平塘边，鲍老汉领着女儿进了一间茶馆，在茶馆里间见到了富成。

富成自娶了亲，马上变了一个人。埋头干活，勤俭持家。大兵过江后，江北解放了，实行土地改革，分田地，修水利，他是积极分子，被选为农协代表，多次受到乡政府的表扬。

几十年过去了，富成和鲍凤姐已经过世，他们儿孙满堂，现分布在"长三角"多个城市落户，融入现代都市生活。

在野猪沟狩猎

说起猎人苏大山,在无为县西南角三峰山地区无人不知无人不晓。

有一年,地处深山窝里的黄龙桥林场野猪猖獗,春笋遭到大片毁坏,场领导想了不少办法,白天派人敲锣打鼓,夜里组织林业员巡逻、放鞭炮,都不管用。正当场领导头痛之际,有人提议请苏大山来帮忙除害。为保证完成上级交给的林业生产任务,王场长接受了这个建议。

想不到,接待苏大山的任务竟鬼使神差地落到我的头上。

这是个五十岁上下的汉子,一米八的个头,身材魁梧,身子骨硬朗,敲敲都能发出声音。耳不聋,眼不花,一双大手捏成拳头,吼一声能把墙壁砸个窟窿。上山时,他脚上穿着一双自家织的土布条编的草鞋,打着绑腿,腰上紧紧扎条粗线编织的板带,显得干净利落。肩挎一支老式火枪,斜背的褡裢里装着火药筒子和铅弹,腰上插根竹竿玉嘴铜头烟袋锅。登山爬坡如履平地,从丁家山到黄龙桥大气不喘一口。

同行的还有他的伙伴——两条猎犬。

据苏大山说,这些年山区猪害严重,周边各林场春笋毁了不少,毛竹生产将大受影响。公社干部要他协助各林场除猪害保春笋,前天他在晒刀石林场就打死了一头野猪。

当天晚上,大山找一线护林员座谈,了解野猪活动情况,研究猎杀方案。

初春的夜晚,高山林场气温还很低,我们在场部堂屋里生起一堆火,泡一壶茅山野茶。苏大山一边抽着黄烟袋,一边喝着茶。屋外山风吹过竹林,发出阵阵悦耳的沙沙声,屋内炭火熊熊,暖气浓密温馨。两条狗伏在大山脚边。

通过座谈,基本搞清了竹笋被毁严重的有三处,最严重的一处发生在泉水洼,那片三百多亩竹林当年可能没有新生毛竹了,而这片竹林正在野猪沟的下方。所以,我们把猎杀的重点放在泉水洼附近的野猪沟。

野猪沟,山高林密,坡陡沟深,人迹罕至。林场曾派人进沟探索过,但只发现几处杂草树枝覆盖的猪窝,未见野猪,可能是被人的活动惊跑了。然而,每当夜深人静,猪群又从密林中出来,先在竹林边缘活动,进了竹林后一边啃笋一边糟蹋,一毁一大片。根据这个情况,苏大山说:"白天野猪睡在窝里,静止情况下听觉灵敏,稍有动静就逃之夭夭,要想猎杀它很难。所以,我们要先摸清野猪活动规律,知道它白天藏在什么地方,晚上的行动路径。只有在野猪走进竹林,一心觅食、失去警惕时,才是猎杀的最好机会。"

第二天,场领导让我陪同老猎人进林子转,实地寻找野猪下山路线,到现场查看竹林被毁状况,就像指挥员在战前实地研究战场一样。

连续转了三天。

第四天的下午,我们来到野猪沟边缘。这是一条数里长的大山沟,两边是层层大山,覆盖着密密的灌木林和荆棘,沟底山涧的泉水常年叮咚不息。之所以叫野猪沟,是因为这片山沟幽深、林密、隐蔽,经常有野猪出没。我俩钻了一天林子,鞋磨破了,衣服也挂烂几处,已很疲乏,就势在一棵松树旁坐下来休息。苏大山把最后剩下的干粮——两块玉米饼子——分给两条狗,打算休息一会就往回走。然而,两条狗并没理会玉米饼子,而是立起耳朵一直盯着沟对面,并发出轻微的呜呜声。苏大山立即警觉起来,顺着狗盯的方向望去。

太阳已擦山口,山的阴影使山沟光线暗下来。可苏大山似乎发现了什么。他站起来,把身子隐到松树背后,用异样的眼神仔细盯着对面山坡,轻轻对我说:"你看看,那块草坪上好像……"我顺着他指的方向望去。这是野猪沟边的一条岔沟,对面的沟坎有两层不大的小平台,在灌木和草丛的掩盖下,上层那个平台的草坪上有个模糊的黄色影子在动,"不像是野猪。"我说。"对,不是野猪,野猪毛是灰黑色的。"苏大山肯定地说。他把靠在一边的猎枪拿起来说:"走,我们下去看看。"两条狗无声无息地紧紧跟在我们身边。

向下走了一截停下,苏大山选择的位置,隔沟望去正好面对那个草坪,且直线距离又短了许多。这时他小声地说:"看见了吧,是头豹子。"嗯,我这才注意到那身上的斑点。那个年代还没有动物保护法,猎人遇到豹子也打。苏大山悄悄说,有豹子的地方必定有野猪,可见这条山沟……今天既然碰到豹子,就先拿它开"枪"。他把猎枪架在一棵矮柞树树丫上,借着枝叶的隐蔽瞄准。

就在这时,豹子似乎发现了什么,站起来东张西望,且暴露的目标也大了。我们屏住呼吸,猎狗趴在地上一动也不动。

嘭的一声,枪响了,火药推动铅弹飞向沟对面。

花豹猛地跳了一下,随之一声暴啸,蹿出草丛,惊恐万状,四处寻找目标。就在这时,意想不到的事情发生了。下方平台草坪上,从荆棘丛中蹿出一头野猪来,听到枪响,唰地一下冲出窝,不知所措地四处张望,后面还跟着五头小野猪。白天野猪一般是在窝里睡觉,受到突如其来的枪声惊扰,才钻出窝来。这一情况也让我们始料不及,苏大山竟然木呆在那里。

花豹中弹受伤了,晃晃悠悠来到草坪边,立即发现下面的母猪领着一群小猪,也不知道它是迁怒于野猪还是发泄对野猪一家的不满,竟发疯似的飞身跳下,扑向猪群。野猪妈妈为护崽立即迎上去,小猪见状四散跳跑。豹子是野猪的天敌，为了保护小猪，母猪奋力抵抗，双方撕咬激烈。

正常情况下，野猪是斗不过豹子的，只因这头花豹中了枪，虽然不是要害，但毕竟受了伤，加上它从高台上跳下摔得也不轻，而哺乳期的母猪护崽心切，发疯似的冲向豹子，双方形成势均力敌的态势。在厮斗中，野猪受到了重创，肚皮被豹子的利齿撕了一道口子，鲜血汪汪直流，渐渐支撑不住了，不断后退。而草坪上没有地方可逃，豹子乘胜将野猪逼到悬崖边，最后狠命一击，野猪从陡坡上滚下山涧，重重地摔在乱石上，血肉模糊，再也没起来。在搏斗中，豹子的伤口也被野猪的獠牙捅了一下，它渐渐支撑不住，钻进柞树丛中去了。

我们就在对面沟沿，隔着一条深沟观看豹子和野猪决斗的全过程。两条狗开始还想过去参战，被大山制止住。现在野猪就躺在山涧的乱石上，豹子的情况我们还不清楚。

天已黑下来了，山风呜呜地吹着，我们早已饥饿难耐，身子也疲乏。大山叔说凭我们俩无法把猎物弄回去，先回场部，招呼人来抬野猪。

这天晚上，我们回去已累成一摊泥。王场长立即让伙房给我们做饭，并连夜派出四个壮汉带着手电火把，按我们提供的地方把野猪抬了回来。第二天我和苏大山又带几个人进野猪沟，终于在柞树丛中找到已经死了的花豹，但一直没发现有小野猪死亡，看样子，花豹只盯着野猪妈妈，没有顾及小猪，让其逃过一劫。

苏大山一枪猎获一头豹子和一头野猪,当时人们还不信呢!

在后来的半个月时间内,苏大山又打死两头野猪。

打那以后,也许是野猪群受到重挫,活动有所收敛,糟蹋竹笋的次数少了。

夏　夜

　　天空清澈如洗，一轮皓月当空，月光如水，倾泻四野。已经二更天了。

　　竹丝湖南岸延绵的山岭，在夜色中映出神秘的影子。一抹青黛色的薄雾轻抚山腰。

　　从山脚到湖岸是一条狭长的田畈，正值稻子抽穗扬花季节，田野到处是生机勃勃的景象。合适的温度、充沛的水肥，促使水稻疯长，孕穗的青苗齐刷刷地直指夜空。无风的夜晚露水很重，像下过一阵小雨，迎着月光放眼稻田，隐隐可见月晕投下一条长长的光影。道路两边的稻禾都往田埂上挤，小路已经不好走了。潮湿的空气中散发着一股稻花的芬芳，混合着泥浆的气息，这是农民最熟悉的。

　　夜，静悄悄。这个季节已经听不到蛙声，但是，只要你侧耳细听，隐隐约约听到的像是轻声细语，又像是无数低音齐鸣，那是水稻孕穗撑破苞叶的狂欢。偶尔，稻禾底层也有动静，水被轻轻搅动，哦，那是泥鳅、鳝鱼或稻田鲫在戏游。

突然，扑棱一声，一只秧鸡从稻田深处飞起。这是一种银灰色的比苍鹭略小的水鸟，它整个夏天都逗留在竹丝湖周围，求偶时咕咚咕咚啼叫不停。秧鸡在稻田里筑巢，夜间出来活动。它善于把握时机，在稻子抽穗扬花、灌浆的二十多天里，人一般不进田间，它们开始筑巢、下蛋孵化。小鸟破壳后，水田里有丰富的小鱼小虾和田螺供食用，所以长得很快，不等稻子收割，雏鸟羽毛已经长齐。只一个月的时间，就要完成下蛋、孵化到领雏鸟出窝，哪个环节计算不当，就可能面临灭顶之灾。

啊！诗一般的夜晚，朦胧羞涩的竹丝湖。

……

下午的一场暴雨，满畈稻田里都灌满水，雨水沿着沟豁四处漫溢。

傍晚，阿宏哥对我说："今天下午这场雨给晚上捕鱼提供了机会，不能放过。"现在我俩正光着脚板挽着裤管，拨开田埂上倒伏的稻禾，向冲坝方向走去。阿宏哥在前面，手里提把板锹，肩上扛个大竹笼子，我背着鱼篓子紧跟在后面。

农村的二更天已是夜深人静。

穿过蒿草塘，跨过泊头嘴，已经听到有流水的声音。阿宏哥说他傍晚来过冲坝，一条水沟在淌水。那是一条四十多米长、一米宽的渠道，上游是层层冲田，雨季这片冲田的积水都从这条渠道里泄出。我们刚踏上渠沿，就听到有噼啪噼啪的声音。阿宏哥停下来，示意我不要弄出响声。借着月色我们往下一瞧，嘿，沟渠里好多鱼在翻滚蹦跳。阿宏哥见我摆弄鱼篓子，连忙制止，他让我在上面等着，自个挎着竹笼子径直向沟渠的下游去。我看他把裤管挽到大腿根，悄悄下到水里，轻轻将漏斗形的竹笼子闸住沟口，又用水草把笼口周沿堵得严严实实，还将带来的两根竹竿子插在竹笼两边，将竹笼牢牢地卡实固定，使沟里的水只从竹笼的漏斗口进，从篾缝里流出去。竹笼的口是用丝篾做的倒刺，鱼能顺水流进去，但退不出来。水沟里的鱼还不知道它们的后路已经断了。

冲坝的沟渠是直通竹丝湖的。六七月间，鱼见到流水便逆行而上。只因在冲田向下有一处陡坎，流水垂直下泻，冲出一个很深的潭，只有少数鱼能冲上去，大部分都聚集在沟渠里，主要是鲫鱼，也有黄颡鱼，前拥后挤，前仆后继。

阿宏哥来到沟上，他顺着沟沿查看一遍，然后提着板锹，招呼我和他一起去沟的上游。他挖了很多带草根的方方正正的土坯，我负责搬，在渠的陡坎上方冲田里围个土坝，将流水圈堵住。这活让我们费了好大一阵工夫，累得满头大汗，一身泥水。

围的土圈合龙后，流水就被堵住了，沟里的水不再增加也渐渐浅了，很多鱼鳍都露出来了。这沟不知道多深，也不知道里面有多少鱼。

停了一会，沟里的水退得差不多了，放眼望去，满沟的鱼在跳动，月光下银光闪闪。我和阿宏哥把外面的长裤子脱了，只穿裤衩子，跳进沟里抓鱼。都是半斤的青背白肚大鲫鱼，不一会我的鱼篓子满了，他帮我抬到沟埂上。沟里还有好多哩，没地方放怎么办？上游陡坎上的土坝是软土堵的，堵得也不牢，耐不得长时间浸泡，一旦坝破了，下游的竹笼里将因进了不少鱼而过水不畅，有可能被冲开，剩下的鱼就会随水跑掉。这当儿阿宏哥把我俩的裤子拿下来，拽把青草把裤脚一扎，嘿，裤管成了四条布袋，能装几十斤鱼。

我们又下到水沟里捉鱼，小的不要，黄鳝、泥鳅、黄颡都不要，只拣大的。当捉到陡坎下的水潭边时，突然听到轰隆一声，把我吓一大跳。仔细一看：嚯，水潭里还有大家伙在横冲直撞。阿宏哥说："你别惹它，让我来。"他下到潭里，费了好大工夫，才把两条鲤鱼和一条乌鳢抓住，都在三斤以上。乌鳢是为了吃小鱼才误闯入水潭里的。

四条裤管又满了。

冲田里的水在缓缓上涨，上面堵的土坝怕是支撑不住了，开始向下掉泥巴。我们只捉大鱼，小的都放过。

清理完沟渠，阿宏哥到下游将竹笼提起来，"哗——"满满一笼子鱼，活蹦乱跳的。我帮他把鱼抬到沟沿上，刚离开就听到上游轰的一声，土坝被水挤破了，一泻而下，一眨眼工夫又出现一条长长的水渠。

"阿宏哥哥，明天白天再来吧！"我一面收拾一面建议。

阿宏哥说，明天白天不会有鱼的。"下午的暴雨带来的雨水今晚流得差不多了，没有水流，也就没有鱼到这里来。

明天尽管还有细流,但只有一些小鱼小虾迎水,引来鹭鸶、老鹳、琵琶鹭、小鹬,让它们去抓吧!"

这天晚上,我和阿宏哥搬了两趟,才把鱼全部运回家。刚躺下,鸡就叫头遍了。

家猪失踪之谜

在一个月时间里,村里有四户人家的猪失踪了,这下引起了村民们的极大恐慌。

都是几十斤、上百斤的猪,头天晚上圈在猪栏里,第二天早上就没有了。没留下任何蛛丝马迹,唉,好怪啊!

我们村在湖心一个小岛上,春夏秋四面被水环抱,是个名副其实的湖心岛。只有到冬天,湖水枯瘦,靠南边与对岸连接上,这时的村子才成为半岛。既然对外有通道,南山上的野生动物就有可能进村。在排除人为所致后,多数村民怀疑是野生动物所为。那么,它们是怎么把猪偷走的呢?

夏天,村子沿湖周围都长着茂密的水蓼、茭白等植物,到了冬季凋萎的枯草有一人多高,里面甚是隐蔽,经常有獾、野兔、狐狸、黄鼠狼出没,难道还有什么其他野生动物?有人或早或晚在湖边见过几次狼,便怀疑是狼干的。可也有人认为这不可能,狼与狗差不多大,怎么能把比自身重几倍的猪弄走呢？再说，狼咬猪时怎么就没有一点声息？一连串的问号让村民们大感不解。

猪的失踪成了个谜。

庄户人家养大一头猪不容易，买仔猪、建圈栏、一日三顿喂养。我家也养了一头肥猪，父亲专门用石头垒了圈栏，又用松木做了猪栏门，安上门闩。

最近这半个多月，村里安然无事，我对这件事的兴趣也慢慢淡下来了。

一个阴雨天的晚上，很冷，我靠在床上围着被子看书。约莫十一点，听到圈栏里的猪哼了几声，我马上警觉起来，意识到有情况，立即把睡在隔壁的父亲喊醒。父亲听说一骨碌爬起来，迅速穿好衣服，伸手从门后摸出一柄鱼叉，我也从床头抄起手电筒，提根木棍，紧跟在父亲的后面。

出门向左拐就是猪圈。来到圈栏前，我们惊呆了，圈门竟然大开。我忙用手电筒往里一照，圈里只有铺的稻草不见猪。我和父亲急了，不容分说，立即四下里搜寻。邻居阿宏哥听到动静，也带着手电筒和家伙赶过来。房前房后都没有，我们又扩大到村边的道路上，一边找一边啰啰呼唤。

阴雨天的田埂上，泥土是松软的，还是阿宏哥眼尖："快来看，这里有猪脚印子。"我们围过去，在手电光下，确有猪蹄印子，但边上还有一行似狗的脚印。父亲一下明白了，这是豺狼的脚印，新鲜的，说明没走多远。追，脚印是指向湖滩方向，我们一行顺着脚印一路小跑向前追赶。

过了蒿草塘，快接近湖滩时，手电光下果然有两个黑点在动，接着又听到猪的哼哼声，我们不顾一切地冲过去，一边跑一边大声噢噢吃喝。几把手电筒的光柱齐刷刷地聚焦前方，已经看清楚了，那黑点是我家的猪，旁边是一只狼，并排向前小跑。你说这猪怎么跟着狼跑呢？

大家紧赶几步，鱼叉棍棒敲得当当响。狼见有人追过来，也加紧赶着猪跑。可猪在挣扎，跑得不快。这时，手电筒光柱已经锁定在它们身上，加之我们三人都带有家伙，来势汹汹。狼慌了，回头看了我们一眼，终于放弃了，不情愿地消失在黑暗中。

猪被解救下来。我们围过去，发现猪的耳朵在流血，其他地方都没有伤。原来这只狼把猪从圈栏里轰出来，用嘴叼咬住猪的一只耳朵，拖拽着猪走，那粗大的长尾巴，不断抽打猪的屁股，迫使猪乖乖跟着它跑。想必，狼多次得逞，就是用的这个法子，所以没留下任何偷猪痕迹。今天，如果我们晚到一步，再往前三百米，狼把猪赶进河滩枯蓼丛中，就难以发现了。

前方黑暗中，有两个绿色的光点，那是狼的眼睛，它停在那里回头盯着我们。在这漆黑的夜晚，我们也拿它没办法，只好作罢。

我们把猪赶回家，重新检查了一遍圈栏，发现松木门闩上有牙齿印，这是狼咬过的。它是用嘴咬住木栓，抽开。好狡猾的家伙，还会用牙开圈栏门哩！怎么学会的？我想起小学课本上有个《狼外婆》的故事，只当那是童话，想不到狼还真有两下子。

这给狼的家族增添了新传。

一、湖光山色
——江山绮丽多娇,碧水秀峰永存。

二、往事如烟
——漫步往昔岁月,咀嚼蜜意无穷。

三、时光缱绻
——光阴荏苒东逝水,真情永远留心扉。

四、故土之恋
——乡愁魂牵梦绕,游子回肠九转。

啊！我的乡亲

一个偶然的机会，去了一趟草原边城满洲里。

那天下午，我订了第二天返程机票，收拾好行李，一个人闲着没事，迎着清凉的秋风顺着五道街向北闲逛，放松一下几天来忙碌的身心。在老中苏街的拐角处，不知不觉踏进一间卖俄罗斯纪念品的商店。

这是个在高寒区常见的半地下店铺。为了冬天防寒保暖，当地大都是把房子往地下拓展，街道两边的楼房基本有一层在地下。

我顺着台阶往下走。已经是傍晚，店里没有客人。

柜台内一位金发姑娘向我迎来。我看她是我的同胞，黄头发是染的，大概是为迎合满大街的俄罗斯游客而打扮的。说实在的，我无意购物，只是随便转转，欣赏一下那些稀奇古怪的精美的俄罗斯手工艺品。

姑娘用地道的东北话招呼我："看需要点什么。地道的俄罗斯货，带几件回去肯定稀罕。"

听到我们在聊，从里间走出一个三十多岁的男子。他靠近玻璃柜台，听到我说话用异样的眼神端详着。我估摸他才是真正的老板。

"您好！先生，哪里人？"男子打断我和金发女郎的谈话。我知道这是商家惯用的与客人套近乎，也就不经意地应付几句。可对方倒认真起来，微笑着问："听口音是南方人？"

我头也没抬，嗯了一声。

"苏皖一带的吧？"他进一步试探。

这回挑起了我的兴头，我反问道："听口音你也是那边的？"

他惊喜地说："我是安徽的，长江边。现在归芜湖。"

我转过身子迎着男子的眼光。他中等身材，着一身合体的秋装，慈眉善目，全身透露出皖江汉子的气质。

"真的是芜湖人？那我们是老乡啊！"就凭他能在众多的顾客中听出乡音，可见他是恋乡的。我们的谈话又进了一步。

老板马上从柜台里走出来，向我靠拢。他大概猜出了什么，真切而详细地告诉我他是无为县老牛埠人。

啊！能有这么巧吗？我感到非常意外，忙放下手里把玩的俄罗斯套娃，谈话立刻亲近起来。

再接下来，互通老家住址。更使我做梦也没有想到的是，他不仅和我同姓，竟然还是一个远房堂兄的儿子，叫光顺。

光顺立刻拉住我的手，热情地请我到店堂里间，还大声招呼金发女郎泡茶。

我有一个堂兄,早年随母亲改嫁到枞阳县,他的儿子成年后回过几次原籍。我听父辈说过,知道这位堂兄有两个儿子,但从未谋过面。堂兄已过世多年,堂嫂和大儿子生活在一起,现住在铜陵市。想不到在这天遥路远的北国边陲小城能见到他的小儿子,真是奇遇。

光顺告诉我,他十多年前进城打工,一开始在建筑工地上抡锹把子,后来跟随朋友一起到了沈阳,住的是工棚、集体宿舍,再后来又辗转到哈尔滨、齐齐哈尔,最后漂到满洲里。前几年,找了个同是打工的吉林女朋友小薛。两人结婚后,从挤出租房到自己攒钱买了商品房,现已在满洲里安了家,两口子开了间旅游纪念品商店。自从有了孩子后,小薛专管家务,光顺一心打理生意,还雇了两个打工妹站店。

光顺给金发女郎交代几句,急着要领我去他们家。

出租车在"绿地家园"小区门口停下,我下车一看,这里距国门很近,对面就是俄罗斯远东州后贝加尔斯克。

两室一厅小套楼房,收拾得干净利落。其中一室兼做库房,里面堆满商品。

听了介绍,小薛分外高兴,热情地忙碌起来,张罗晚饭。光顺说,不要在家里搞了,难得大叔来,真是稀客。晚饭去满洲里饭店。

吃饭时,我们四人,光顺又把两个打工妹叫来一起吃饭。光顺和小薛轮番把盏,我难以推辞。小薛说,今天见到了老家亲人,光顺难得这么高兴,放开喝。不一会一瓶"老村长"就干了。小薛又让服务员拿来一瓶,这瓶只喝了一半。

饭后,小薛带孩子先回家,光顺送我到酒店,我们叔侄坐着开始长聊。

光顺谈到他现在的处境、经营收入和生活状况。在谈到有没有回老家的愿望时,他说:"叔,我是回不去了。家里两亩责任田承包给别人代耕,每亩一年给我二百块钱。人家现在搞的是家庭农场,全村三百多亩水田都给承包人做了,机械化生产,一条龙作业。我回去能干什么?还不是给承包户打工。再说小薛是北方人,孩子也习惯北方生活。"他长叹一声,"唉,回老家的路怕是断了!"接着他又道,"现在就是担心老娘,快八十了。大哥怕她受不了这里冬天零下40多摄氏度的寒冷天气,没让我接她来,由他和大嫂负责照管,我承担全部生活费用。"

"今后有什么打算吗?"

"满洲里是个边城,中、俄、蒙三国交界,我们这些没有多少本钱的外来户可以做些小生意。我除做旅游商品外,下一步想与人合伙走出去。俄罗斯要搞远东大开发,森林采伐、加工、土地垦荒、种植,都需要人,而他们人口少,顾不过来。我们中国人能吃苦,有耐力。他们有资源,我们有力气,如果能雇用我们去搞开发,我想试试。"

"当移民?"

"那倒不一定,我只是想去俄罗斯挣钱。再一个路子是在国界线那边开间中国商店,专门卖中国商品,包括蔬菜水果。不少中国东北人就是这么干的。"

已经是凌晨三点多,楼下歌舞厅的人散了。光顺怕我休息不好,影响早上行程,就要走了。我把他送到楼下,俩人站在酒店门口台阶下,恋恋不舍地又聊了一会。

我回到客房躺在床上,久久不能入睡。

我的家乡是个偏僻的湖滨小村。改革开放初期,村里年轻人陆续出门打工,后来找对象、结婚成家,和老婆孩子在城市周边城乡接合部租房子;再后来,就是开店、进车间、做实业,在城里买房子定居下来,发展的路子和光顺大同小异。

时代的变迁,人口的流动,快速发展的城镇化,形成新的人群组合。老家的那个小村庄,原有三十多户150口人,现在只有少数留守的老人和孩子,已成为空心村。

这几年我回乡探望,熟悉的面孔渐渐少了,不算过世的,健在的也有不少去了他乡,想见的左邻右舍已经找不到了。在村里串门走户,不时有种失落感,那些熟悉的身影,难忘的音容,扯不断的乡情、乡恋,时时折磨着我。在满洲里偶然遇到堂侄光顺,他见到我时瞬间的那种亲切感,仅仅是因为我们叔侄之间的那份情谊吗?不,我隐隐觉得多半掺有他对故乡的眷念。

村庄在消失，亲邻们漂泊他方。当我走在乡间小道上，偶然见到几个乡亲时，亲昵感陡然上升。交谈中，语言里流露出无限的恋情。然而，一年半载后他们不知又将去何方。有人在用悲情谈及这种城乡人口迁徙变化，而我认为这是历史的发展留给我们的阵痛。

啊，我的乡亲！

竹丝湖边看日出

我登泰山看过云海中日出,也在海边目睹过太阳从浪花中升起。在我的家乡竹丝湖边看日出,则另有一番韵味,因为它既有山,又有水,太阳升起的瞬间大自然将山水勾勒出一幅美丽的"日出图"。

初夏的清晨,悠闲漫步在竹丝湖边,清凉爽适,心胸舒展,使人感到全身放松,愉悦的心情勃然而生。

湿润的空气中有一股甜滋滋的、略带鱼腥的气味。这时的湖面上蒙着一层神秘的薄雾,像朦朦胧胧的轻纱贴着湖水在缓缓漂移,不时有水鸟的啁啾啼啭从雾中传来。岸边,被浪花冲洗过的湖滩,洁净明亮,浪花过后留有一层一层的带波纹的细沙有规律地沿湖岸线整齐排开,湖鸥和水鸟在上面留下的足印清晰可见。这么洁净和有序的花纹,让人不忍心踩踏。

让我们踏着晨露沿湖岸线漫步……

天刚蒙蒙亮。

当横山还在黎明前灰色的阴影中时，山顶上已露出白色的晨曦，并逐渐向空中扩展，这时候湖面也随之由朦胧变得明亮。仔细观察，灰色的雾气也由浓密变薄，而且逐渐下沉。不一会，山顶开始由白变成橘红，那红光扩展得很快，成放射状向上延伸，乍一看像点在宣纸上的水彩，迅速向空中洇蚀，在你不知不觉间已是霞光四射。

站在岸边隔湖观看，东边满天的朝霞，把湖水映得通红，随着鱼鳞波轻微起伏，湖水似巨幅红缎子在抖动。这时候，湖天一色，横山像穿着红色旗袍美女腰间的黛色缎带。

这当儿，横山顶峰已由红变亮，就在你不经意的瞬间，峰顶露出一个炫目的光点，逐渐由小变大，由扁成圆，一轮巨大的火球以不可阻挡之势从山顶冉冉升起，刹那，金色阳光像出炉的钢花，光芒四射，大地陡然明亮。这时候，你看太阳，边缘是一圈炽白光环，光环的外层是一圈橘黄色，然后才是红色。

初升的太阳照在湖面上，犹如金色的珠子抛撒在银盘子里，璀璨瑰丽，耀眼夺目。这时候看到的不是一个太阳，而是两个太阳——天上一个，湖里一个。我借白居易的诗句，改了几个字："一道朝阳铺水中，半湖瑟瑟半湖红。"

霎时，万物为之生辉。

光阴啊，请慢点流淌！时间啊，且留步缓行！

湖面上的雾气不知什么时候已经消散。水鸟在嬉戏、歌唱，鱼儿打挺跃出水面，几只红蜻蜓在茭白丛中穿飞、点水，最后停在一根刚出水的芦苇上。

竹丝湖的日出是美丽的,它既有山托日,又有水映日,在竹丝湖边看日出,爽心,悦目。

九丫枫香树

竹丝湖南岸的汪岗上,有一棵远近闻名的枫香树,树身两个成年人都搂不过来。盛夏季节枫香树枝繁叶茂,树荫占地一亩多。到了深秋,枫叶红得像团火,几十里远都能望见。树生在东西通途大道旁,过往行人走到这里,都要打尖歇脚。赶路人把大树当作地标,说起点时,"我们从九丫树开始。"说到终点时,"到九丫树吧!"

据传,这棵树是乾隆年间,九华山一个和尚云游到此选址建庙时栽的,后和尚将庙迁往东河寺,栽的枫香树留存下来。掐指算来有近三百年了。

人们常说:"人无十全,树无九丫。"长出九根枝丫的树并不多见,汪岗这棵枫香树奇就奇在竟然长出九根枝丫,因此被敬尊为神树。它之所以还凛然屹立在山岗上,屡屡逃脱被砍伐的灾难,多亏长出这九根枝丫。

竹丝湖南岸原是树木葱茏,高大的百年乔木数不胜数。不仅山林荒地大树参天,每个村子都被古树环抱,古树甚至成为村庄的标志,不少村以树命名,由此生出柏树庄、三棵桐、榆树沟、柏树窝、柳树屯。以树命地名不在少数,比如:北京海淀区很有名的五棵松,黑龙江哈尔滨附近的三棵树(有段时间是特快列车的终点站)。说近的,合肥附近的枫香墩,铜陵市的五松镇,巢湖的槐林镇,都是因树而得名。

古树有一种魅力,能凝聚人心;树与人伴生,是古往所求。据说,人类祖先是从树上走到地面的,可见树与人有一种千丝万缕的渊源。在农村,村头宅边大树下常是村民集散地,用于休闲纳凉、集会议事。一棵古树记载着一个村庄的历史,它直面一桩桩往事,见证发生的一切,是一个村庄历史的沉淀。多少个游子远离故乡,数十年后除记住自家的老屋场,那就是门前村口的古树了。送亲离别,翘首盼归,村口的古树见证这一切。

可是,在"一大二公"的年代,古树遭到毁灭性的浩劫,人们发疯似的毫不留情地扑向山林野地,在利斧钢锯声中,一棵棵百年古树轰然倒下,只为用来烧炭大炼钢铁(炼出的渣块垒菜园埂都嫌粗糙),或用来生火做饭。结果砍得山光头,鸟无窝,水土流失,村庄的标志荡然无存,柏树庄没有柏,三棵桐没有桐,榆树沟没有榆,柏树窝没有柏,很多珍贵树种被砍得绝了迹。九丫枫香树被称是神树,砍树人怕遭到报应,才没敢下手。

树是多年生植物,来不得急功近利。有道是"前人栽树,后人乘凉",说明种树得益不一定在当代,而是为子孙万代造福。绿树成荫,"绿柳丛中隐红楼",都是给人以自然妙趣和有益于健康和谐的生存环境。古树丛中,哪怕只有三间茅庐,其悠久的生活史都会给人以无尽的追忆。现在的农村尽管盖了不少楼房、别墅,铺了水泥路,但没有一棵古树,则显得干瘪空荡、少有生气。仅仅单调的轻薄浮躁建筑物,有点像远道而来拓荒者新建的临时居民点。而我们子孙万代将生活在这块土地上,好的居住环境,是留给后人的无价财富。

在绿化活动中,有的村子也栽了些树,但大多是些景观树,长不大,与优质乔木相比,犹如黄雀与天鹅。我们需要黄雀,更需要天鹅。

近年来,我每路过九丫枫香树,觉得它枯枝败叶多了,树身萎靡,越发显得老态。村民们为了祈求老树长生不死,在树身上挂了很多红布条,初一、十五还有人上香祈祷,禁止在树根周围破土,目的是希望老树焕发青春。但是,树是有生命的,不可以返老还童。这里去掉迷信色彩不说,我们更多的是看到了人们在醒悟,在不断增强对古树的敬重、保护和眷爱的意识。

愿若干年后,竹丝湖岸边乃至江淮大地又是古树参天,绿荫蔽日。

四十户人家二十个地方

改革开放三十多年,农村千变万化,且不说环境、居住、吃穿、文化生活水平一年一个台阶,人群组合的变化更是让人猝不及防。

春节、清明、中秋,是外出游子回乡团圆的日子。到时,进城打工的姑娘、小伙陆陆续续赶回来。一时间,村子里沸腾起来。今天这家迎儿子,明日那家接闺女,忙得留守的老人甭提有多高兴了。这些回家探望父母的年轻人,高铁来,飞机去。下了高铁和飞机又转乘出租车直抵村口。你看,大姑娘、小媳妇背着大包小包拖着拉杆箱,挺胸阔步,高跟鞋撞击水泥路咯嗒咯嗒;小伙子们扛着吃的喝的老远就呼爸喊妈、招呼左邻右舍。孩子们成群结队活蹦乱跳,给这个湖边小村增添了不尽的欢乐和勃勃生机。

近年来回乡探亲的队伍又有了新变化,搭车回来的少了,直接开车的多了,什么奇瑞、江淮、大众、现代、广本,还有奥迪、宝马。到时你看,小卧车、面包车哧溜哧溜鱼贯进村。直抵家门口,打开后备厢,瞧:花花绿绿,吃穿玩用样样齐全,让人眼花缭乱……

在回乡的人群中,外出打工的不仅自己回来,还从外地领回新的家庭成员,小伙子拉着新媳妇,大姑娘挽着如意郎君。近十多年,村子里的帅哥们领回的媳妇和姑娘们领回的郎君,竟然有安徽、江苏、江西、山东、河北、北京、天津、湖北、四川、甘肃、贵州、云南、重庆、山西、浙江、广东、广西、河南、陕西、内蒙古,共二十个省、市、自治区的,真让人惊叹不已。你看,西边王家的孩子找的是山东的媳妇,他们家女儿嫁给了山西关云长的老乡;前院的大头找了个甘肃陇上的姑娘,他的妹子嫁给一个江苏青年;郑家的老二找的老婆是湖北人;村中间那个常年在贵州电厂工地干活的小伙子,找了个云南布依族姑娘。

有的一家有四个地方,三个地方的有十多户。年轻人即便在我们本省找对象,也不限周边吴村、李村、张村、王村,而是江南江北遍地寻找,淮南淮北到处牵手联姻。新年大节,邻里间搞个聚会,吃个宴请,满堂南腔北调;不说表演节目,就是每人讲一段家乡话,也是妙趣横生。

然而遗憾的是,村民们虽然多在"长三角"打工,可没有一个娶到上海姑娘的。不知是上海姑娘难求,还是上海的丈母娘难攻;也没有姑娘招到上海夫君,我敢说不是她们不风流时尚,没有魅力,也不是接受不了上海的生活节奏,可能是上海大都市男人的高学历,日后难以驾驭,让她们却步。

我们村地处县城西南遥远的旮旯里,与邻县枞阳一山之隔。三十多年前,别说出省,百分之九十的人没到过县城,合肥、北京那更是遥不可及的地方。男人找老婆,姑娘许婆家,也就是附近十里八乡的。偶尔有人把姑娘嫁到山后枞阳县,就觉得远嫁了。出阁那天,送行的人群中,不时有老奶奶一边看热闹一边抹眼泪絮絮叨叨:"把女儿嫁到山那边去,天遥路远,一年见不了一次面,这不是在割娘的心头肉啊!"小伙子从枞阳县娶个老婆,漫长的迎亲路,把人折腾个半死。天不亮新娘就得上轿,在陈瑶湖那边乘船,经牛头山、龙王嘴,过大泊氹,绕潘家泊,然后驶入竹丝湖。风里浪里颠簸一天,进村已是天黑掌灯。路上十多个小时谁能撑得下来?有心的母亲在轿子里为女儿备有吃的和方便拉的。多么艰难的出嫁旅途,哪还有人愿远嫁远娶?

现在地上有汽车、高铁,天上有飞机,拉近了天南海北的距离,再也无人为路途遥远发愁了。

每当节假日,父母的手机不离身,生怕错过接孩子们的电话。今年春节前,村头徐老爹的儿子给他来电话说:"爸,我刚驶上沪宁高速,五个小时后到家,差不多能赶上中午饭。"这是在告诉他爸安排午饭。家住三层楼的二大妈闺女也来电话说:"妈,我们现在京台高铁上,到无为站下,坐出租一个小时到家,给我把热水器打开,我好回来洗个热水澡。"去年春节前两天,村头王大爹的小子去加拿大旅游,临上飞机前给他爸打来电话:"爸,我买的是美国西南航空公司的机票,明天上午到上海虹桥机场,赶明天晚上的年夜饭没问题,不会误的。"他还笑嘻嘻地提醒说,"鞭炮是危险品,不准带上车。你在老牛埠多买些,今年好好嘣个响。"

这哪是在地球的另一边呢,简直就像住在一个镇上。

社会开放,人口流动,远嫁远娶已经很正常,这种势头大有向地球另一边发展。我看过不了几年,我们村的姑娘也许会嫁到欧洲、美洲去,或者哪家的小子从俄罗斯领回个大鼻子美女、从非洲背回个黑姑娘。真是那样,我将在村口燃放大挂鞭炮,欢迎第一个洋媳妇进村。

故乡不可复制

人在外地游，总忘不了故乡。我每年至少回老家一次，有时还趁出差的机会多回去瞅一眼，一年两趟也是常有的。年轻时回去主要是看望父母，现在父母不在了，基本上是清明回老家，与乡亲们聊聊家常，听听乡音，重温乡情，给祖坟扫墓，用心灵与祖辈对话。

几十年过去了，心中的故乡似乎渐渐离我远去。山已经不是当年的山，茂密的混交林见不到了；水也不是当年的水，清澈见底的池塘掬一捧就喝已不可能了；更重要的是人，长辈或与我同龄的人越来越少，不曾相识的面孔越来越多。

为了寻找童年的足迹，清晨或傍晚，我都要在村子周围转转，回忆曾经的古树、碾盘、池塘、菜园和土地庙；沿着竹丝湖岸踏着青草散步，努力追忆当年那遍地黄花的美好时光。

有人把新的生活环境称为第二故乡，我觉得有些不妥。我固执地认为，人生的故乡只有一个。所谓的第二"故乡"

不过是人生的又一个新的居住点,怎能与故乡比?正如生母与继母的区别。这个比喻可能有人不赞同,但是人都有自己的情怀和感受。哲学家认为,世界上单个的人都是唯一的,我就是那个唯一的我。

乡音、乡情、相识能给人以留恋的情感;童年的记忆,故乡的小路、塘边的房舍、抓鱼的水沟、捉迷藏的谷场、门前那棵年年挂满果实的大杏树,给我心灵留下深深的烙印。常年住在城市楼房里,虽然生活条件好了,但毕竟没有故乡那种意境和深印在脑海中的那些生活片段带给我的惬意。每当刮风,我首先想到的是老家房前那棵大柳树在狂风中甩动枝条起舞的情景;每当下雨,我印象最深的是门前水田里溅起爆豆似的水花;每当春天到来,我想那该是北上的紫燕在我家房梁上绕飞呢喃的时刻;每当隆冬雪夜,我隐隐感到房后菜园埂旁那棵冬梅正待含苞吐蕊。这些根植在脑海中的故乡情怀是无法抹掉和代替的。

真正的故乡是不可复制的!一个人即便登上所谓的人生顶峰,那份乡情也是永远难以割舍的。